प्रतिध्वनि

कहानियां कुछ अनसुनी और अद्भुत

बि. तळेकर

Ukiyoto Publishing

All global publishing rights are held by

Ukiyoto Publishing

Published in 2025

Content Copyright © B. Talekar

ISBN 9789370094987

All rights reserved.

No part of this publication may be reproduced, transmitted, or stored in a retrieval system, in any form by any means, electronic, mechanical, photocopying, recording or otherwise, without the prior permission of the publisher.

The moral rights of the author have been asserted.

This is a work of fiction. Names, characters, businesses, places, events, locales, and incidents are either the products of the author's imagination or used in a fictitious manner. Any resemblance to actual persons, living or dead, or actual events is purely coincidental.

This book is sold subject to the condition that it shall not by way of trade or otherwise, be lent, resold, hired out or otherwise circulated, without the publisher's prior consent, in any form of binding or cover other than that in which it is published.

www.ukiyoto.com

समर्पण

दिल से निकली एक दास्तान

यह किताब सिर्फ़ मेरे शब्दों से नहीं बनी, बल्कि उन तमाम लोगों के प्यार, आशीर्वाद और खट्टी-मीठी यादों से बुनी गई है, जो मेरी ज़िंदगी का हिस्सा हैं।

सबसे पहले, मेरे ईश्वर का कोटि-कोटि धन्यवाद—जिनकी कृपा के बिना ये कल्पनाओं की दुनिया हकीकत न बन पाती। मेरे मम्मी-पापा (अनिता और देवेंद्र) और मेरी बहनों (काजल और पायल) का आभार—आपके बिना मेरी कल्पनाएं शायद पन्नों तक कभी पहुंच ही न पातीं। आपने मुझसे पहले मुझ पर भरोसा किया।

डॉ. भैरवी जोशी—आपका मार्गदर्शन हर कदम पर मेरे साथ रहा। दिव्य भास्कर के पत्रकार रफीक शेख—आपने मेरी यात्रा को वो आवाज़ दी, जो इसकी सच्ची पहचान बन गई।

और अब मेरी नन्ही सी खुशी—मेरी नवजात भांजी तिथि को, जिसने इस अध्याय में एक नई रौशनी, एक नई मुस्कान भर दी।

और अंत में—मेरे पाठकों का तहे दिल से शुक्रिया। आपने पढ़ा, समझा, और यकीन किया। इसी विश्वास ने इस कहानी को उड़ान दी।

यह किताब आप सभी के नाम—क्योंकि सपना देखना आधा जादू है, और उसे जीना... वो आप सभी की बदौलत मुमकिन हुआ।

अंतर्वस्तु

• एक शाम शेर के साथ •	1
• अभय: एक किस्सा, एक कहानी •	7
• ईश्वरी - एक अविवाहित परनिता •	30
• रुद्र - एक क्रांतिकारी की प्रेम कहानी •	36
• बद्रीनाथ - एक कहानी समय से परे •	58
लेखक के बारे में	73

बि. तळेकर

• एक शाम शेर के साथ •
११ सितंबर २०२२

सन् १९५२,

तपती धूप और चुभती गर्मी का मौसम था। घड़ी के कांटे शाम के पांच बजे का समय दिखा रहे थे। मगर फिर भी सूरज डूबने का नाम नहीं ले रहा था।

गांव में कच्चे कोल यानी लकड़ी और ईट से बने कई घरों में अब शाम की चाय उबलने की सुगंध आ रही थी।

ऐसे ही एक घर में तीस वर्षीय श्री बाल कृष्ण जी सफ़ेद पायजामा, कुर्ता और सर पर पारंपरिक सफ़ेद टोपी पहने कहीं जाने के लिए तैयार हो रहे थे। दीवार पर लगे गोल आयने में देखकर उन्होंने अपनी टोपी ठीक की।

कुछ ही समय में उनके घर के सामने एक बैलगाड़ी आकर रूकी। बैलगाड़ी चालक भायलू ने भी सफ़ेद पुराना सा कुर्ता, हाफ पायजामा और सर पर पारंपरिक सफ़ेद टोपी पहनी थी।

"ओ केशू बाबा..." भायलू ने बैलगाड़ी रोकी और बैलों को हांकते हुए गाड़ी घर की छत के नीचे छाया में लगा दी।

बाल कृष्ण जी को सब लोग केशू बाबा के नाम से जानते थे।

"ओ... भायलू... आ गए।" ओटले पर आते ही, "आओ आओ। पेहले चाय पी लो, फ़िर चलते हैं।" बाल कृष्ण जी ने बैलगाड़ी चालक को देखकर कहा -- "राधा... भायलू के लिए भी चाय ले कर आना।" उन्होंने तुरंत अपनी पत्नी को चाय लाने के लिए आवाज़ लगाई और वो वहीं बाकड़े पर बैठ गए।

भायलू आकर ओटले यानी बरामदे की सीढ़ियों पर बैठ गया।

कुछ ही देर में राधा दो कप-बसी में गर्मागर्म चाय लेकर आई। राधा ने हल्की नारंगी साड़ी पहनी थी और माथे पर लाल बड़ी बिंदी लगाई थी। राधा का स्वभाव, व्यवहार और सीरत बिलकुल एक भले घर की संस्कारी और आदर्श बहु की तरह था।

"राधा, मैं भायलू के साथ पानवे जा रहा हूं। कल तक लौट आऊंगा। तुम ध्यान रखना।" बाल कृष्ण जी ने अपनी पत्नी राधा के हाथों से चाय ले ली और भायलू को भी दी।

चाय देते ही राधा सर हिलाकर तुरंत अंदर चली गई। कुछ देर बाद केशू बाबा यानी बाल कृष्ण जी और भायलू चाय पीते ही बैलगाड़ी में सवार होकर निकल पड़े।

बैलगाड़ी में सवार होते ही भयालू ने बैल हांक दिए और कच्ची सड़क पर उनका सफ़र शुरू हो गया।

गर्मी इतनी थी कि ज़मीन सूखकर सख़्त हो गई थी। और धूल के कण हल्की हवा से भी दूर-दूर तक उड़ रहे थे। हवा का झोका धूल के साथ गर्म उमस ले आता।

सड़क वैसे तो समतल थी मगर फ़िर भी कहीं ऊंची तो कहीं नीची। कहीं पथरीली तो कहीं दरदरी मिट्टी वाली। ऐसे में बैलगाड़ी के पहियों के नीचे पत्थर या मिट्टी का टुकड़ा आते ही पूरी बैलगाड़ी हिलने लगती। ऐसे में बेचारे हट्टे-कट्टे बैल भी कुछ समय बाद हांफने लगते।

उन दोनों को घर से निकले काफ़ी समय बीत चुका था। अब सूरज लगभग डूब चुका था और अंधेरा छाने लगा था। अंधेरा होते ही बाल कृष्ण जी ने छोटी सी लालटेन जलाकर बैलगाड़ी के एक तरफ़ लटका दी।

कुछ समय की और यात्रा करते हुए अब केशू बाबा यानी बाल कृष्ण जी और भायलू अपनी मंज़िल के क़रीब पहुंच ही चुके थे।

अब बस उन्हें गांव की पहाड़ी के पास झाड़ियों से घिरे एक छोटे से कच्चे रास्ते को पार करना था। ऐसे में उन्होंने उस रास्ते पर आगे बढ़ने के लिए मोड़ ले लिया।

"रूक जाईए... आप आगे नहीं जा सकते!" मगर तभी अचानक उन्हें एक भारी आवाज़ सुनाई दी और वो घबराकर वहीं रूक गए।

भायजू ने तुरंत बैल को शांत किया और बैलगाड़ी थोड़ी पीछे कर ली। उतने में एक पुलिस अधिकारी एक हाथ में लालटेन और दूसरे हाथ में डंडा लिए तेज़ी से उनकी तरफ़ आ धमका।

"क्या बात है, साहब?" बाल कृष्ण जी ने शराफत से हाथ जोड़कर सवाल किया।

"आप दोनों इतनी रात को कहां जा रहे हो? यहां क्यों आए हो?" पुलिस अधिकारी ने बैलगाड़ी की तरफ़ नज़र घुमाई। उसके बाद उस अधिकारी ने दोनों यानी केशू बाबा और भायजू को देखते हुए अपनी नज़रे उपर से नीचे तक घुमाई।

"हम कोई गलत काम नहीं कर रहें, साब... हम तो बस यहीं पास में आए थे..." भायजू पुलिस अधिकारी को देखकर कांपने सा लगा और उसने हाथ जोड़ दिए।

"क्या बात है, साहब? मेरा यहां अपना खेत है। मेरे आदमी को कुछ सामान की ज़रूरत थी, वही देने जा रहा था।" बाल कृष्ण जी भी थोड़े घबराए हुए थे।

"नहीं, ऐसी कोई बात नहीं। मैं आप दोनों पर शक नहीं कर रहा।" पुलिस अधिकारी ने सहजता से जवाब दिया।

"तो आपने हमें क्यों रोका, क्या हम जा सकते है?" बाल कृष्ण जी ने बड़े आदर के साथ पूछा।

"नहीं, आप अभी नहीं जा सकते। आपको कुछ देर यहीं इंतज़ार करना होगा।" पुलिस अधिकारी के कहते ही --

"मगर हमने क्या किया है, साहब?" बाल कृष्ण जी चिंता में पड़ गए।

भायजू की हालत भी कुछ ऐसी ही थी।

"नहीं, आप समझ नहीं रहे। मैं जानता हूं, आपने कुछ नहीं किया। दरअसल, मैं आपकी जान बचाने के लिए ऐसा कहे रहा हूं।" पुलिस अधिकारी ने बाल कृष्ण जी के कंधे थपथपाकर आसवासन दिया --

"तो फ़िर आप हमें जाने क्यों नहीं दे रहे..." – मगर बाल कृष्ण जी पुलिस अधिकारी की पूरी बात सुने बिना ही घबराहट में बोल गए।

"आप पेहले तो शांत हो जाइए और वहां दिखाई। आपको सब समझ आ जायेगा।" पुलिस अधिकारी ने अपनी क़मर पर लगी टॉर्च निकाली और ऑन करते ही उस रास्ते की दिशा में मोड़ दी, जिस तरह वो जाना चाहते थे।

टॉर्च की रोशनी के बीच अगले ही पल उन पुलिस अधिकारी के कहने पर बाल कृष्ण जी और भायजू ने परेशान होकर उस तरफ़ नज़रे घुमाई और वहां का नज़ारा देखते ही डर के मारे एक पल के लिए जैसे उनकी धड़कने रूक सी गई।

पुलिस अधिकारी के टॉर्च चमकाते ही उस गुप अंधेरे और झाड़ियों से घिरी सड़क के बीचोबीच दो बड़ी-बड़ी खौफ़नाक आंखें जुगनू सी चमक उठी। उस गुपचुप शांत अंधेरे में एक ताकतवर शेर सड़क के बीचोबीच अपने शिकार की दावत उड़ा रहा था।

उस शेर के वो निकिले दांत, उसकी मज़बूत मांस-पेशियां। उसके नुकीले पंजे। और इन सबसे ज़्यादा भयानक उसका खून से सना चेहरा और ताकतवर जबड़ा, जो देखते ही देखने वाले के दिलों-दिमाग में दहशत पैदा कर देता।

"इस शेर के जाते ही मैं ख़ुद आपके साथ चलूंगा। तब आपको इंतजार करना होगा।" पुलिस अधिकारी ने कहते ही टॉर्च ऑफ कर ली।

मगर बाल कृष्ण जी और भायजू बिल्कुल ख़ामोश थे। इस नज़ारे को देखने के बाद उनके गले से शब्द निकल पाना मुश्किल हो गया था। वो दोनों अब तक सदमे में थे।

इस दिल दहला देने वाली घटना से एक तरफ़ बाल कृष्ण जी और भायजू दोनों काफ़ी डरे हुए थे। तो वहीं वो दोनों भगवान का और उन पुलिस अधिकारी का शुक्र मना रहे थे, जिन्होंने एहम मौके पर आकर उनकी जान बचा ली थी।

उस दिन से बाल कृष्ण जी और भायजू ने तैय कर लिया कि आगे से जब भी वो बाहर जायेंगे तब लालटेन के साथ टॉर्च लाइट और लंबा डंडा भी साथ लेकर ही जायेंगे।

और तभी से जब भी वो बाहर निकलते अपने पास लालटेन के साथ टॉर्च लाइट और लंबा डंडा रखना कभी न भूलते। इतना ही नहीं उन्होंने ये सीख अपने बच्चों तक भी पहुंचाई। तब से सिर्फ़ बाल कृष्ण जी ही नहीं बल्कि उनके परिवार का कोई भी शख़्स जब भी यात्रा के निकलता बिना भूले अपने पास टॉर्च लाइट और लंबा डंडा ज़रूर रखता।

अपनी रक्षा के लिए पेहले से तैयार रहना सही भी है। क्योंकि चाहे आपको भूत-प्रेत से भले ही डर ना लगे या वो हो या ना भी हो। लेकिन जंगली जानवर वास्तव में होते हैं। और उनसे आपको कभी भी खतरा हो सकता है।

मगर देखा जाए तो आज के इस मॉर्डन एरा में हमें जानवरो से कम और जानवरों हम खूंखार इंसानों से ज़्यादा खतरा है।

तो इस बारे में आपका क्या विचार है?

• अभय: एक किस्सा, एक कहानी •

सन् १८९३,

दक्षिण भारत का एक छोटा सा गांव वानागिरी, जहां के लोग कई समस्याओं से झूंझते हुए भी सुकून से जी रहे थे। मगर समय के साथ पूरे भारत देश की तरह अंग्रेज सरकार की काली छाया यहां भी पड़ी।

अंग्रेज सरकार और अंग्रेजों के जुल्मों तले दबकर वानागिरी के वासी बड़ी मुश्किल से अपना गुज़ारा कर पाते थे। मगर इन तंग हालत में भी कुछ लोग थे जो बेफिक्री से अपनी प्रभुता का आनंद ले रहे थे। और वो थे गांव के जमींदार।

लेकिन सभी जमींदार क्रूर और निर्दय नहीं थे। उन्हीं जमींदार में से एक था ठाकुर साहब का परिवार।

भीमचंद ठाकुर गांव के सबसे बड़े जमींदार होने के साथ गांव के मुखिया भी थे। उन्हें अपनी जमींदारी और वर्चस्व से तो प्रेम था ही मगर इसके बावजूद वो अपना काम ईमानदारी से करते। भीमचंद ठाकुर गांव की सुख-शांति चाहते थे और वो लोगों को उनका हक़ देने से कभी पीछे

नहीं हटते थे। इसलिए बड़ी जमींदारी के बावजूद गांव के लोग उनकी इज्ज़त करते।

अपनी शान-ओ-शौकत और ऊंचे घराने से बढ़कर अगर उन्हें किसी चीज़ से प्यार था तो वो था उनका बेटा, अभय। जो कई वर्षो बाद लंडन से पत्रकारी की डिग्री हासिल कर के वापस लौटा था। इसलिए आज उनकी हवेली में काफ़ी रोनक और चहल-पहल थी।

भीमचंद गांव के मुखिया और धनवान परिवार से होने के कारण अंग्रेजों के साथ भी उनका उठना-बैठना लगा रहता। जिसका असर उनके परिवार और ख़ासकर अभय पर देखने को मिलता। लेकिन भीमचंद अंग्रेजो की कूटनीति से वाकिफ थे। इसलिए वो पूरी कोशिश करते कि इसका असर उनके गांव पर ना पड़े।

मगर लंडन से शिक्षा हासिल कर लौटने के बाद अभय अपने लंडन के मित्र जॉर्डन मैथ्यू के साथ मिलकर गांव में एक छापखाना खोलना चाहता था। और अपने पिता भीमचंद के विरुद्ध जाकर अभय अपने सपने को पूरा करने के लिए जुट गया।

अभय अपने ऐसे ही, दूज की एक शाम अभय अपनी मोटर गाड़ी में बैठकर घूमते हुए गांव से काफ़ी दूर निकल आया।

और एक अंजान जगह जा पहुंचा। वहां पतली सी सड़क के दोनों ओर दूर-दूर तक बस घना जंगल नज़र आ रहा था। वहां इंसानी बस्ती का नामों-निशान तक नहीं था। ऐसे में थोड़ा आगे बढ़ते ही अभय की मोटर ख़राब हो गई।

शाम गहराने लगी थी। अंधेरा चढ़ने लगा था। और आकाश में बारिश के संकेत भी दिखने लगे थे। ऐसे में बाहर ज़्यादा समय रहना ठीक नहीं था। इसलिए अभय अपनी गाड़ी छोड़कर पैदल मदद मांगने निकल पड़ा।

तभी थोड़ी दूरी पर अभय को चाय की एक छोटी सी दुकान नज़र आई। अभय बस उस चाय की दुकान पर पहुंचा ही था कि तेज़ बारिश शुरू हो गई।

अभय को देखते ही चाय वाले ने उसका स्वागत करते हुए बताया कि, उसका नाम नंदू है और वो अभय को जानता है। उसने तुरंत अभय को गर्मागर्म चाय बनाकर दी।

चाय की चुस्की लगाते ही अभय को थोड़ी राहत मिली। अभय ने उसे बताया कि, वो अपनी मोटर गाड़ी लेकर ज़रूरी काम से निकला था। मगर पास ही में उसकी गाड़ी बिगड़ गई। इसलिए उसे मदद की ज़रूरत है।

अभय की परेशानी सुनकर नंदू सोच में पड़ गया। फिर उसने बताया कि यहां पास में तो ऐसा कोई नहीं जो मोटर

गाड़ी ठीक कर पाए। मगर उसके घर के पास एक आदमी रहता है, जो मोटर गाड़ी सुधारने की दुकान पर काम करता है। और वो उसे ला सकता है।

नंदू अभय की मदद करने के लिए तैयार हो गया। मगर नंदू ने अभय को बताया कि उस आदमी को यहां लाने में ज़्यादा समय लग सकता है। क्योंकि नंदू का घर वहां से काफ़ी दूर था।

तब अभय के ज़ोर देने पर नंदू जाने को तैयार हो गया। नंदू अभय के भरोसे अपनी दुकान और अपनी भैंसे छोड़कर तेज़ बारिश में भी छाता लिए अपने घर की ओर निकल पड़ा।

नंदू को गए काफ़ी समय हो चुका था। मगर उसके वापस लौटने का कोई निशान अब तक नज़र नहीं आ रहा था। नंदू की भैंसे भी आवाज़ करने लगी। बारिश अब धीमी पड़ गई थी। मगर अंधेरा पहले ही घिर चुका था। तभी अभय ने दुकान से कुछ लकड़ियां ली और आग जलाई।

घने अंधेरे में उस सुनसान इलाके में आग सेकता हुआ अभय अकेले बैठा नंदू के वापसी की राह देख रहा था कि, तभी अचानक अभय की नज़र जंगल के बीच दिखाई देती

एक रहस्यमय रोशनी पर गई। और अभय आग से एक लकड़ी उठाए उस दिशा में चल पड़ा।

झाड़ियों के बीच से गुजरते हुए जब अभय रोशनी के स्त्रोत तक पहुंचा तो उसे एक सुंदर घर नज़र आया। उस घर की दिवारे कच्ची थी। मगर इसके बाद भी वो घर काफ़ी प्यारा लग रहा था।

अभय ने रुककर एक नज़र घर की ओर देखा। और फिर मदद की उम्मीद में घर के भीतर चला गया। तभी उसकी नज़र एक खूबसूरत लड़की पर पड़ी, जो काफ़ी सुंदर सफ़ेद लिबास में थी।

वो लड़की अपनी सुरीली आवाज़ में गाना गाते हुए घर के काम कर रही थी। उसे यूं देखकर अभय उसे कुछ कह नहीं पाया और बिना कुछ बोले उसकी नज़र बचाते हुए उसके पीछे घूमता रहा।

कुछ देर बाद पीछा करते हुए अचानक वो लड़की अभय की नज़र से अदृश्य हो गई। और फिर अचानक ही आंगन में लगे फूलो के पास खड़ी उन्हें निहारने लगी। उस लड़की को अचानक आंगन में देख अभय थोड़ा झेंप गया।

वो लड़की आंगन में खड़ी थी। जबकि अभय द्वार पर खड़ा था। इसलिए हड़बड़ाकर अभय बाहर आंगन में चला आया। और उसने लड़की से अपने किए की माफ़ी मांगी।

लड़की ने आहिस्ता से मुड़कर अभय को गहरी नज़रों से देखा। उसकी उन रहस्यमई आंखों में एक उम्मीद और इंतजार दोनों थे। मगर साथ ही उन आंखों में गहरा दर्द और तड़प थी।

अभय ने उसे अपने बारे में बताया और फीर उस लड़की के बारे में पूछा। तब लड़की ने बताया कि, उसका नाम कस्तूरी है।

कस्तूरी एक ऊंचे खानदान से है। वो एक लड़के से प्रेम करती है और उससे विवाह करना चाहती है। मगर जब उसके पिता को पता चला कि कस्तूरी जिससे प्रेम करती है वो एक मामूली लड़का है। तो कस्तूरी के पिता ने तुरंत उसका विवाह तैय कर दिया। लेकिन विवाह से पहले ही कस्तूरी घर से भाग गई। और अपने प्रेमी के घर चली आई। तब से कस्तूरी यहां अपने प्रेमी का इंतजार कर है।

कस्तूरी की बाते सुनकर अभय को उससे सहानुभूति होने लगी। वो इस बात से दुखी था कि एक बेचारी लड़की अकेली समाज और अपने घर वालो से लड़कर अपना प्रेम

पाना चाहती है। मगर उसके प्रेमी ने ही उससे छल किया। अभय कस्तूरी की आंखों में स्नेह और विश्वास देख पा रहा था। मगर साथ ही कस्तूरी की आंखों में एक गहरा दर्द था, जो उसकी कटिली मुस्कान से ज़ाहिर हो रहा था।

अभय कस्तूरी को लेकर अपनी सोच में डूबा था कि तभी अचानक नंदू वहां आ पहुंचा। वो काफ़ी गभराया हुआ था और उसने अभय से यहां जंगल में आने की वजह पूछी। तब अभय ने मुड़कर उस घर को देखते हुए कस्तूरी के बारे में बताना चाहा। मगर उस घर को दोबारा मुड़कर देखते ही अभय के होश उड़ गए। वहां घर की बजाए एक टूटा हुआ खंडहर था। और कस्तूरी वहां से गायब हो चुकी थी।

ये सब देखकर अभय को गेहरा झटका लगा और वो खामोशी से नंदू के साथ उसकी दुकान पर लौट गया।

वापस दुकान पर पहुंचते ही अभय ने अपने साथ हुए वाक्य के बारे में नंदू को बताया। तब नंदू ने कहा कि, वो लड़की तो कई वर्षों पहले ही मर चुकी है और उसकी प्रेतात्मा अब भी इस घर में भटकती है। वो आत्मा लोगों को और ख़ासकर युवा लड़को को लुभाती है। उन्हें झांसा देकर अपने साथ ले जाती है। वो उनमें अपने प्रेमी को ढूंढती है। वो उन्हें बहकाती है। उनके साथ समय बिताती और फिर... उन्हें मार देती है।

क़रीब पच्चीस-छब्बीस सालों पहले एक लड़की यहां रहने वाले लड़के से प्रेम करती थी। वो इतनी बेहया और बेशर्म थी कि उस लड़के से मिलने के लिए वो अपने विवाह के दीन ही घर से भाग गई। मगर वो लड़का उसे धोखा देकर कहीं भाग गया। और वो लड़की जब ये सेह नहीं पाई तो उसने आत्महत्या कर ली। लोग कहते है कि वो अपने प्रेमी के धोखे का बदला उन युवाओं से लेती है, जो उससे आकर्षित होकर बहेक जाता है।

अभय को नंदू की बातों पर विश्वास नहीं हुआ।

एक पढ़ा-लिखा लड़का होने के नाते अभय भूत-प्रेत जैसी दकयानुसी बातों पर विश्वास नहीं करता था। मगर उसने जो देखा, मेहसूस किया और नंदू की बातें उसके दिमाग़ से निकल ही नहीं रही थी। गाड़ी ठीक होने के बाद अभय अपने घर की ओर तो निकल पड़ा। लेकिन पूरे रास्ते और घर पहुंचने के बाद भी कई दिनों तक वो उस लड़की; कस्तूरी के बारे में सोचता रहा।

कस्तूरी की वो सुंदर और दुखी सूरत अभय के नज़रों के सामने बार-बार दिखाई दे रही थी। मगर नंदू की कहीं बाते भी उसके दिमाग़ में हलचल मचा रही थी। वो फ़ैसला नहीं कर पा रहा था कि उसने कस्तूरी की आंखों में जो तड़प और पीड़ा देखी वो सच था या नंदू की बाते?! क्या कस्तूरी

सच में एक गिरे हुए चरित्र की लड़की थी?! या फिर वो बेचारी हालत की मारी एक साधारण लड़की थी?!

इसी दौरान अभय के बचपन की दोस्त; छाया उसे मिलने आई। छाया और अभय की शादी बचपन में ही तैय कर दी गई थी। जो अभय को पसंद नहीं था। अभय पहले अपने पैरो पर खड़ा होना चाहता था। वो अपनी अलग पहचान बनाना चाहता था। और अपनी दुल्हन ख़ुद चुनने की स्वतंत्रता चाहता था। लेकिन दूसरी ओर छाया अभय को मन से प्रेम करती थी।

छाया अभय को अच्छी तरह जानती थी। इसलिए इन सब मुश्किल हालातों के बावजूद उनकी दोस्ती में कोई दरार नहीं आई। अभय ने छाया को अपने साथ घटी हर बात बताई। इस पर छाया ने उसे इस कहानी को अपने अख़बार और पत्रिका में छापने का सुझाव दिया। हो सकता है इस कारण वो कस्तूरी के बारे में जानने वाले लोगों तक पहुंच पाए।

इसके बाद अभय ने वैसा ही किया जैसा कि छाया ने बताया। अभय ने अपने अखबार और पत्रिका में भी कस्तूरी की कहानी छापना शुरू किया। और छाया की तरकीब सच में कारगर साबित हुई।

अभय ने कस्तूरी और उसके प्रेमी के बारे में जानकारी प्राप्त करना शुरू किया। वो कस्तूरी और उस घर में रहने वाले को ढूंढता हुआ कई जगह घुमा। वो कई सारे लोगों से मिला। और जैसे-जैसे कस्तूरी के जीवन के पहलू अभय के सामने आते गए। वैसे-वैसे वो कस्तूरी की कहानी अपने अखबार और पत्रिका में प्रकाशित करता गया।

अपनी खोज के दौरान ऐसी-ऐसी सच्चाई अभय के सामने आई जो कस्तूरी खूब कभी सोच भी नहीं सकती थी।

क़रीब तीस वर्षों पहले कस्तूरी के पिता देवा रेड्डी के बड़े भाई शिवा रेड्डी पास के गांव के बहोत बड़े जमींदार थे और उनका अंग्रेज़ सरकार के साथ काफ़ी उठना-बैठना था।

लेकिन शिवा रेड्डी का कोई बेटा नहीं था। इसलिए उन्होंने एक बेटा गोद लिया था, जो उनका वारिश बने। किंतु उन्हें ये डर था कि अगर ये बात अंग्रेज सरकार तक पहुंच गई तो उनकी तमाम धन-दौलत, जायदात और उनकी जमींदारी भी हाथ से जाती रहेगी। इसलिए उन्होंने ये राज़ राज़ ही रखा। इसी तरह वर्षो बीतते गए।

उन दिनों कस्तूरी के विवाह की बात चल रही थी। मगर अंग्रेज सरकार के अधिकारी, कप्तान हेनरी डेविड की नज़र कस्तूरी पर थी।

शिवा रेड्डी और हेनरी में गहरी मित्रता थी। और ज़ाहिर है कि इसी शिवा रेड्डी और हेनरी को भी कई फायदे हुए थे।

मगर जब से हेनरी की नज़र कस्तूरी पर पड़ी थी वो उसके लिए पागल हो गया था। हेनरी ने कई बार कस्तूरी का पीछा किया। उसे रिझाने और मनाने की कोशिश की। यहां तक कि दो-तीन बार तो उसने कस्तूरी के साथ जबरदस्ती भी करनी चाही। लेकिन क़िस्मत से मणि ने वहां पहुंचकर कस्तूरी को बचा लिया।

मणि एक मामूली परिवार से था और शिवा रेड्डी के लिए काम करता था। मणि वही लड़का था जो कस्तूरी से प्रेम करता था। कस्तूरी भी उससे प्रेम करती थी और उससे विवाह करना चाहती थी। मगर उन दोनों को ये बात अच्छी तरह मालूम थी कि अगर उनके रिश्ते की बात सामने आई तो कस्तूरी के परिवार वाले मणि को मार देंगे। और तुरंत कस्तूरी का विवाह किसी और से करवा दिया जाएगा। इसलिए वो अब तक ख़ामोश ही रहे।

कस्तूरी के विवाह की बात कप्तान हेनरी डेविड के कानों तक भी पहुंच गई। और वो ये जानकर आगबबूला हो उठा। तभी शिवा रेड्डी का एक वफादार नौकर जो दरअसल हेनरी का चापलूस था वो उससे मिलने आया। उस नौकर ने हेनरी को ऐसी गुप्त बात बताई, जिसे सुनकर हेनरी की भवें कैफ में चढ़ गई।

हेनरी ने नौकर द्वारा मिली ख़बर की पुष्टि की और जांच करवाई कि ये राज़ और किसी को नहीं पता। और जब वो निश्चिंत हो गया तो फ़िर अगले ही पल हेनरी ने उस नौकर को गोली मार दी। उसके तुरंत बाद हेनरी शिवा रेड्डी के महल उनसे मिलने जा पहुंचा।

कप्तान हेनरी डेविड ने बिना समय गंवाए कस्तूरी से अपने विवाह का प्रस्ताव रख दिया। पर ज़ाहिर है कि शिवा रेड्डी ने इस प्रस्ताव को अस्वीकार कर दिया। क्योंकि कस्तूरी का विवाह निश्चित हो चुका था।

लेकिन कप्तान हेनरी डेविड ने भी शिवा रेड्डी को ऐसी सच्चाई बताई जिसे सुनकर उसके होश उड़ गए। हेनरी ये हकिकत जान चूका था कि कस्तूरी देवा रेड्डी की नहीं बल्कि शिवा रेड्डी की इकलौती संतान थी। शिवा रेड्डी जोकि इतने बड़े जमींदार थे उनका असल में कोई बेटा नहीं था। और जो इतने वर्षों से उनका बेटा बनकर महल में पलता रहा वो असल में उसके छोटे भाई देवा रेड्डी का बेटा है। जिसे शिवा ने गोद लिया था।

शिवा रेड्डी ये जानकर परेशान हो गया कि हेनरी को उनका इतना बड़ा राज़ कैसे मालूम है! और अगर शिवा रेड्डी का ये राज़ अंग्रेज़ सरकार तक पहुंच गया तो उनकी जमींदारी छीन ली जाएगी। शिवा विडंबना के भंवर में फसा ही था कि तभी हेनरी ने अपनी तिगड़म लड़ाते हुए कहा कि, अगर

शिवा ने कस्तूरी का विवाह उससे करवाया तो हेनरी उनका ये राज़ कभी किसी पर ज़ाहिर नहीं करेगा। साथ ही अंग्रेज़ सरकार उसे हर तरह से सहाय करेगी। लेकिन अगर शिवा ने उसका ये प्रस्ताव नामंजूर किया तो वो अंग्रेज सरकार को सूचित कर उसकी सारी संपत्ति जप्त करवा देगा। ऐसी स्थिति में शिवा रेड्डी ने हेनरी का प्रस्ताव मंजूर कर लिया और विवाह की तैयारी शुरू हो गई।

हेनरी से विवाह की ख़बर मिलते ही कस्तूरी का दिल बैठ गया और उसने विवाह से इंकार कर दिया। यहां तक कि उसने अपने पिता देवा रेड्डी को अपने प्रेम के बारे में भी बताया। किंतु शिवा रेड्डी के फ़ैसले के आगे देवा विवश था। तब इससे बचने के लिए कस्तूरी ने नदी में छलांग लगाकर आत्महत्या करने की भी कोशिश की। मगर एक बार फिर मणि ने उसे बचा लिया।

मणि ने कस्तूरी को समझाया और फिर उन दोनों ने गांव से भागने का निर्णय लिया। वो दोनों भाग कर किसी दूसरे गांव में जाकर विवाह करने वाले थे। और अपना घर बसाना चाहते थे। मगर महल में विवाह के कारण कई काम बढ़ गए। और किसी को खबर न हो इसलिए मणि भी अपने काम में लगा रहा।

देखते ही देखते विवाह का दिन भी आ गया। अगले दिन कस्तूरी का विवाह था। मगर उसी रात कस्तूरी ने मणि के

साथ मिलकर भागने की योजना बनाई। वो दोनों वहां से भाग कर दूसरे गांव चले जाने वाले थे। और अपना घर बसाने वाले थे।

उसी देर रात उनकी योजना के मुताबिक कस्तूरी महल से अकेली भाग निकली और मणि के घर जाकर उसकी राह देखने लगी। मगर जब पूरे तीन दिनों तक मणि अपने घर नहीं लौटा तो कस्तूरी की बेचैनी गहरे दुःख में बदल गई और अंत में उसने ज़हर खा कर आत्महत्या कर ली। लेकिन मृत्यु के बाद भी वो उसी जगह मणि की राह देखती रही जहां उन्होंने मिलने का वादा किया था।

अभय ने कस्तूरी को मणि के जीवन के कई रहस्यमय पहलुओं से पर्दा उठाया था। मगर अब भी कुछ अजीब था जो अभय के मन को बेचैन कर रहा था। इसी दौरान हवेली में अभय और छाया के विवाह की तैयारियां शुरू हो गई।

मगर कस्तूरी और मणि के बारे में इतना कुछ जानने के बाद भी अभय का मन व्याकुल था। यहां तक कि वो अपनी शादी की तैयारियों पर भी ध्यान नहीं दे पा रहा था।

अभय को हर जगह कस्तूरी के होने का भ्रम होने लगा। जैसे वो अभय से अपने सवालों के जवाब मांग रही थी। अभय कई बार उसे अपने आसपास देखकर चौंक जाता।

तभी उसने छाया को फोन किया और अपने साथ हो रही घटनाओं के बारे में बताया। छाया अभय की हालत के बारे में सुनकर चिंता में पड़ गई। वो उसे यूं परेशान नहीं देख सकती थी। इसलिए उसने इस अध्याय को हमेशा के लिए बंध करने की ठानी।

छाया ने अभय से कहां की वो इन घटनाओं से विचलित ना होकर अपने काम पर ध्यान केंद्रित करें। शायद कस्तूरी और मणि की ज़िंदगी का कोई और भी दर्दनाक सच है जो अभी उजागर होना बाकी है।

उस दिन के बाद छाया भी अभय के साथ इस खोज में जुड़ गई। वो दोनों मिलकर कस्तूरी और मणि के बारे में पता लगाने निकल पड़ते। इस खोज के दौरान उन्हें एक और बात पता चली कि जिस दिन कस्तूरी की शादी होने वाली थी उसी दिन से उनका कोई नौकर भी गायब हो गया था।

इससे अभय और छाया समझ गए कि ज़रूर मणि के साथ भी कोई अनहोनी घटना घटी थी।

ऐसे में अभय और छाया के विवाह का दिन भी आ गया। उन दोनों की शादी काफ़ी धूमधाम से हुई। और उनकी शादी में शरीक होने के लिए आसपास के सभी गांव वालों

से लेकर दूरदूर से कई बड़े अफ़सर, जमींदार, सरपंच और यहां तक कि कई बड़े अंग्रेज़ अधिकारी भी आए थे।

विवाह के अगली शाम हवेली में एक बहुत बड़ी दावत थी। अभय अपने मित्र जॉर्डन के साथ था जब उसकी नज़र छाया पर गई। छाया एक खूबसूरत लिबास में तैयार होकर बड़ी नज़ाकत से दावत कक्ष में प्रवेश करती है। छाया को इस नए रूप में देखकर अभय उसे देखता ही रह जाता है। आज पहली बार अभय के मन में छाया को लेकर एक नई भावना ने करवट ली और वो उसके पास गया।

अभय और छाया ने अच्छा समय साथ बिताया। वो दोनों अपने मध्य में खड़ी बर्फ की दीवार को आहिस्ता-आहिस्ता पिघलाते हुए क़रीब आ रहे थे कि तभी एक अंजाने तूफ़ान ने उनकी हवेली में दस्तक दी।

भरी दावत में हेनरी डेविड का प्रवेश होते ही माहौल तंग हो गया। उसके आते ही अभय को अजीब सा महसूस हुआ और उसने छाया से उसके बारे में पूछा। इस पर छाया ने अभय को बताया कि, हेनरी डेविड भीमचंद ठाकुर के पिता यानी अभय के दादाजी के अच्छे मित्र हैं। और फिर छाया ने अभय को हेनरी डेविड से मिलवाया।

अभय, छाया, भीमचंद और हेनरी डेविड सब साथ खड़े थे। अभय को हेनरी से मिलकर कुछ ठीक नहीं लग रहा था। इसलिए वो चेहरे पर बनावटी मुस्कान लिए ख़ामोश ही रहा।

तभी भीमचंद और हेनरी के बीच चल रही बातों को सुनकर अभय को मालूम पड़ा कि अगर वो हादसा न हुआ होता तो आज हेनरी उनके गांव का दामाद होता।

कई सालों पहले, पास के गांव के जमींदार देवा रेड्डी की बेटी से हेनरी की शादी होने वाली थी। मगर वो उसी रात गायब हो गई। उसके बाद हेनरी यहां से दूर चला गया। और इतने वर्षों बाद आज पहली बार उसके क़दम इस गांव में पड़े।

हेनरी के साथ हुई उस एक मुलाकात ने अभय को फिर कश्मकश में डाल दिया। उसे नींद नहीं आ रही थी इसलिए अभय कमरे से बाहर निकल आया। वो हवेली के बाहर बगीचे में टहल रहा था जब उसने किसी की आहट सुनी। इतने रात गए कोई आदमी मुंह पर फटका ओढ़े हवेली में दाखिल हुआ। और वो छुपछुपा कर हवेली में तीसरे माले पर गया। अभय भी उस आदमी को देखकर सावधान हो गया और उसकी नज़र बचाकर उसका पीछा करता रहा।

अभय ये देखकर और भी हैरान रह गया जब वो आदमी तीसरे माले पर बने मेहमान कक्ष में दाखिल हुआ, जहां

हेनरी डेविड रुका था। अभय ने देखा वो आदमी दूसरा कोई नहीं बल्कि हेनरी का वफादार नौकर था।

हेनरी ने ख़ुद उस नौकर को बाहर भेजा था। और उनकी बाते सुनकर अभय परेशान हो गया। उसके बाद वो उसी समय अपनी मोटर में बैठकर हवेली से निकल गया। मन में कई सारी दुविधाएं लिए वो अंजाने में सीधा उसी जगह जा पहुंचा जहां उसकी मुलाकात कस्तूरी से हुई थी।

आसपास काफ़ी अंधेरा था। आज तो चंद्रमा की रौशनी भी कम ही थी। ऐसे में मोटर को सड़क के किनारे छोड़कर -- अभय लाइटर की ज़रा सी रौशनी के सहारे एक बार फिर पैदल ही उस छोटे से घर तक जा पहुंचा। मगर आज वो घर विरान और ख़ामोश पड़ा था -- बिल्कुल खंडहर। आज ना तो वहां रातरानी की सुगंध फैली थी और ना ही मंत्रमुग्ध करने वाली आभा थी। आज ना तो वहां कस्तूरी के गाने की गुनगुनाहट थी और ना ही वो खुशनुमा सजावट।

आज अभय को उस जगह अजीब सी घुटन और घबराट मेहसूस हो रही थी। वो फूलों भरा वृक्ष सुखा पड़ा था -- घर टूटा-फूटा और बेजान। लग रहा था, जैसे यहां कोई अनहोनी घटना हुई हो। अभय का वहां रुकने का ज़रा भी मन नहीं कर रहा था। वो बस मुड़कर जाने ही वाला था कि तभी हेनरी के वो शब्द उसके कानों में गूंज उठे, 'वो मेरी नहीं हो पाई। इसलिए मैंने उसे किसी और का होने नहीं

दिया। लोग आज भी यही समझते हैं कि कस्तूरी भाग गई। मगर कस्तूरी तो आज भी अपने होनेवाले ससुराल में है। और वो हमेशा वहीं रहेगी। उसका सच कभी बाहर नहीं आएगा।'

हेनरी के वो शब्द गूंजते ही अभय के पैर दोबारा उस घर की ओर मुड़ गए। और वो घर के आंगन में जा पहुंचा। उसे वो जगह याद आई जहां खड़ी कस्तूरी गीत गुनगुनाते हुए फूल को निहार रही थी। तभी अभय को उस सूखे पेड़ के पास लाल रंग की साड़ी का ज़रा सा कपड़ा दिखाई दिया। और उसने वहां खुदाई शुरू कर दी। और तभी खुदाई के दौरान अभय को एक कंकाल मिला, जो दुल्हन के लिबास में लिपटा था।

अभय उस कंकाल को देखकर समझ गया कि ये कस्तूरी का ही कंकाल है। कस्तूरी गायब नहीं हुई थी बल्कि उसे हेनरी ने मार दिया था। इतने वर्षों तक हेनरी ने कस्तूरी को मारकर उसे यहां गाड़ दिया था। और उसके बारे में अफवाएं फ़ैला दी कि उसने आत्महत्या कर ली।

कस्तूरी की ऐसी दशा। उस पर हुए जुर्म और उसकी आपबीती का सच समझ आते ही अभय को गहरा दुःख हुआ। उसकी आंखों में आंसू छलक आए। वो गहरी सोच में पड़ गया।

अगली सुबह, हवेली में जब छाया की आंखें खुली तो अभय अपने कक्ष में नहीं था। ये देखकर वो परेशान हो गई। छाया ने अभय को हवेली में हर जगह देखा। लेकिन वो कहीं नहीं मिला। अंखिरकार वो परेशान होकर बगीचे में अपने बचपन की छुपने की जगह आकार बैठ गई। और किस्मत से अभय भी वहीं था।

अभय को यूं परेशान देख छाया ने इसका कारण पूछा। इस पर अभय ने उसे सारी हकीकत कह सुनाई। पहले तो छाया ये जानकर बहोत परेशान हो गई कि अभय रात को अकेले उस भुतहा जगह गया था। मगर अभय की मनोस्थिति देखकर छाया उसे दिलासा देते हुए अपनी जांच पूरी करने को कहती है।

छाया की बात सुनकर अभय को हौसला मिला और उसने छाया को गले लगा लिया। 'यू आर माई ट्रू फ्रेंड! थैंक यू!' अभय की इस बात से छाया के होठों पर मुस्कुराहट आ गई।

अभय की बात पर गौर करते ही छाया को भी हेनरी पर शक होने लगा। उसने अभय को बताया कि अगर हेनरी इतना क्रूर है कि उसने अपने द्वेष में उस लड़की को भी मार दिया जिससे वो प्रेम करने का दावा करता था। तो फिर उसने उस शख्स के साथ क्या किया होगा जिससे वो लड़की

प्रेम करती थी?! हो-न-हो हेनरी ने उसे भी अपने रास्ते से हटा दिया होगा।

कुछ दिनों बाद एक दोपहर अभय अचानक हवेली आता है और बिना कुछ बताए छाया को अपने साथ ले जाता है। छाया भी बिना ज़्यादा सवाल किए अभय के साथ हो लेती है। तभी कुछ दूर जाते ही छाया के सवाल पर अभय बताता है कि उसे पता लग चुका है कि मणि के साथ क्या हुआ था।

छाया से बात करने के बाद अभय ने कुछ दिनों तक हेनरी के नौकर पर लगातार नज़र रखी थी। और उसका पीछा किया तो सारी बात सामने आ गई।

कई घंटों तक मोटर हांकने के बाद वो अपनी मंज़िल तक पहुंच जाते है। और अभय एक काफी पुरानी कोठी के सामने अपनी मोटर रोक देता है। दरअसल, अभय छाया को दुसरे गांव में बनी एक कोठी में ले आया था। अभय ने बताया कि, ये कोठी कई वर्षो पहले अंग्रेजों ने बनवाई थी -- अपने अधिकारियों के लिए। और छब्बीस वर्षो पहले हेनरी डेविड यहां रहता था।

जिस रात हेनरी का विवाह कस्तूरी से होने वाला था उसी रात हेनरी ने मणि को किसी काम के अपनी कोठी पर बुलवाया। उसके बाद हेनरी ने मणि को धोखे से नशा दे

दिया। और फ़िर नशे की हालत में धातु की छड़ी से मार-मार कर उसे काफी बेरहमी से मार डाला। उसके बाद हेनरी ने मणि के शव को कोठी के पीछे दफना दिया। और ये अफ़वा उड़ा दी कि मणि अपनी प्रेमिका को धोखा देकर भाग गया।

सारी हकीकत साफ हो जाने के बाद हेनरी को गिरफ्तार कर लिया जाता है। उसके बाद अभय की कोशिशों के बदौलत मणि और कस्तूरी के कंकाल का एक साथ अंतिम संस्कार कर दिया जाता है।

उसी रात, अभय और छाया एक बार फिर उस पुराने घर के सामने खड़े थे जहां अभय और कस्तूरी की मुलाकात हुई थी। मगर आज फिर से अभय ने वहां के वातावरण में कुछ बदलाव मेहसूस किया।

आज भी वो घर टूटा-फूटा और खंडहर पड़ा था। मगर आज हवा में कोई घुटन नहीं थी। पूनम की रौशनी में वो जगह चमक रही थी। वहां कोई घबराहट नहीं थी। आज उस पेड़ पर भी नए फूल और पत्ते खिल उठे थे। और हवा में उन फूलों की खुशबू फैली थी।

तभी अभय और छाया को दो चमकती हुई परछाई आकाश की ओर बढ़ती नज़र आई जिसने कस्तूरी और मणि का

रूप धारण कर लिया। वो दोनों काफी शांत थे। उन दोनों के चेहरों पर सीतल मुस्कान थी। उन्होंने एक दुसरे का हाथ थामा हुआ था। उन दोनों आत्माओं ने कृतज्ञता भरे भाव से अभय और छाया देखा। उन्हें नमस्ते किया। अभय ने उन्हें हाथ हिलाकर अलविदा किया और वो दोनों दूर आकाश में सुनहरी धूल बनकर उड़ गए।

कस्तूरी और मणि की आत्माओं को मुक्त होते देखकर अभय को काफी सुकून मिला। उसने भाव भरी नज़रों से छाया की ओर देखा, 'आई लव यू! इट्स माय प्लेजर टू बी यौर हसबैंड।' अभय की ये बात सुनकर छाया की आंखों में आसूं आ आए। और अभय ने उसे गले लगा लिया।

'आई लव यू टू। आईएम ग्लैड टू बी यौर वाइफ।' 'तुम्हें भी अंग्रेज़ी...' अभय छाया को अंग्रेज़ी में कहते सुन हैरान रह गया। मगर अगले ही पल उसके चेहरे पर मुस्कान आ गई। उसके बाद वो दोनों अपनी जिंदगी खुशी से बिताने लगे।

कस्तूरी और मणि के खोए प्रेम की खोज में अभय ने अपने प्रेम को पा लिया। सच है, जो इंसान निस्वार्थ भाव से किसी की सहायता करता है, पूरा भ्रमांड उसकी सहायता करता है।

ईश्वरी - एक अविवाहित परनिता

एक ऐसी मासूम असहाय लड़की की कहानी जिसका विवाह होने के बाद भी वो अविवाहित है।

सन् १८९२,

गुलाम भारत की सख़्त चादर तले लोग अपनी-अपनी खुशियों की खोज कर रहे थे। उन्हीं लोगों में से एक थी ईश्वरी। सौतेली मां के कारण ईश्वरी का अब तक का जीवन खुशियों से अछूता ही रहा था। मगर अभी-अभी ईश्वरी के जीवन में एक बहोत बड़ी खुशी ने दस्तक दी थी।

कोलकाता के एक छोटे से गांव में रहने वाली सोलह वर्षीय ईश्वरी, बहोत ही खूबसूरत और शांत लड़की थी। ईश्वरी के मन में अपनो के लिए बहोत आदर सम्मान और प्रेम था।

विवाह के बाद आज ईश्वरी अपने नए घर यानी ससुराल जाने के लिए रेल यात्रा कर रही थी। उसके साथ उसकी बचपन की सहेली मीना, उसके पति और उसका नया परिवार सब साथ सफ़र कर रहे थे।

ईश्वरी के चेहरे पर नवविवाहिता का उत्साह साफ झलक रहा था, परन्तु मन में थोड़ी घबराहट भी थी। दिन ढलने के साथ अब ईश्वरी और बाकी सभी लोगों के चेहरे पर थकान और नींद के भाव दिखने लगे थे।

अंधेरा होते ही ज्यादातर लोग थकान के मारे सो चुके थे। सब कुछ ठीक चल रहा था कि तभी अचानक एक सुनसान जगह रेल अचानक रूक गई। कुछ ही देर बाद लोगों की भगदड़ और शोर मचाने लगा।

नगर का कुख्यात डाकू कोयता पुलिस हिरासत से भागने में सफल हो जाता है। कोयता अपनी जान बचाने के लिए अपनी टोली के साथ रेलगाड़ी में घूस जाता है। वो सभी यात्रियों को ख़ामोश रहने के लिए धमकाते हैं और उनका कीमती सामान भी लूट लेते हैं। जिसमें ईश्वरी का परिवार भी डाकुओं का शिकार बन जाता है। वहीं कोयता का एक साथी रेल चालक को मार कर रेल अपने कब्जे में कर लेता है। कुछ ही समय में रेल चल पड़ती है।

तभी, कोयता का पीछा करते हुए एक नौजवान बहादूर पुलिस इंस्पेक्टर, अभिनव चलती रेल में सावधानी से प्रवेश करता है। और अपने बाकी पोलिस साथियों को भी अंदर आने में सहायता करता है। पोलिस कर्मचारी और डाकुओं के बीच बहोत संघर्ष और गोलीबारी होती है। कुछ लोग घायल भी हो जाते है। मगर अभिनव अपनी चालाकी से एक

बार फ़िर कोयता को पकड़ लेता है। इस दौरान, कोयता अपने मुंह में छुपे ब्लेड से अभिनव के हाथ पर वार करके उसकी पकड़ से छूट जाता है। और ईश्वरी को बंदी बनाकर भागने में सफल हो जाता है।

घायल होने के बाद भी अभिनव जी-जान से उन डाकुओं का पीछा करता है। इसी बीच रास्ते में, ईश्वरी को छीनाझपटी में गहरी चोट लग जाती है। और डर के मारे, कोयता ईश्वरी को रास्ते में ही छोड़कर भाग निकलता है।

अभिनव ईश्वरी को ज़ख्मी पड़ा देख उसकी सहायता करता है और उसका इलाज करवाता है। अभिनव ईश्वरी की देखभाल करता है और उसके ठीक होने का इंतजार करता है। ईश्वरी की देखभाल करते हुए वो उससे एक अजीब सा जुड़ाव महसूस करने लगता है। कुछ दिनों बाद, ईश्वरी होश में आती है और अभिनव अपने मन पर संयम रखते हुए उसे उसके ससुराल छोड़ देता है।

मगर जब ईश्वरी अपने ससुराल पहोचती है तब उसका स्वागत करने की बजाय सब ससुराल वाले उस पर ताने कसने लगते है। किसी को उससे कोई सहानुभूति नहीं होती।

ईश्वरी दो दिनों तक अपने ससुराल के बाहर भूखी प्यासी पड़ी रहती है। उसकी आंखों से आंसू नहीं रुकते। पर उसका साथ कोई नहीं देता। कोई उसे स्वीकार नहीं करता। यहां तक कि ईश्वरी को घर के भीतर भी प्रवेश नहीं करने दिया जाता।

तभी एक बुजुर्ग डाकिए को ईश्वरी को ऐसी दयनीय स्थिति में देखकर दया आ जाती है। वो ईश्वरी को समझाते हुए उसे वापस अपने बाबा के घर लौट जाने को कहता है। और वो वापस लौटने में उसकी मदद करता है।

ईश्वरी बड़ी मुश्किल से अपने भारी मन के साथ घर पहुंचती है। मगर समाज और अपनी बदनामी के डर से उसकी सौतेली मां उसे स्वीकार नहीं करती। वे ईश्वरी को घर में नहीं लेते। ईश्वरी अब बेघर और अकेली पड़ जाती है।

ईश्वरी अकेली और हताश होकर वहां से चल पड़ती है। रो-रो कर उसकी आंखों के आंसू भी सुख जाते हैं। उसके हाथों की मेंहदी आंसुओ से धूल जाती है। ऐसे में ईश्वरी अपनी सभी उम्मीदें खोकर बिना सोचे-समझे बेहोशी की हालत में एक अंजान जगह पहुंच जाती है। और यूंही चलते हुए वो नदी में गिर जाती है। मगर एक मछवारा उसे बचा लेता है। और इस तरह वो अस्पताल पहुंच जाती है।

पूछताछ के लिए जब अभिनव अस्पताल पहुंचता है तब ईश्वरी की इतनी दयनीय स्थिति देखकर उसे बहोत दुख होता है। अगले दिन अभिनव ईश्वरी को अपने घर ले जाता है। जहां अभिनव उसकी देखभाल करता है।

अभिनव के साथ और सहयोग से ईश्वरी ठीक होती है। धीरे-धीरे अब ईश्वरी के मन में भी अभिनव के प्रति कृतज्ञता और प्रेम की भावनाएं विकसित होने लगती है।

मगर अभिनव हमेशा ईश्वरी से एक दूरी बनाए रखता है।

ईश्वरी अब तक अपने जीवन में हुई घटनाओं को लेकर चिंतित हो जाती है। ऐसे में वो नहीं चाहती कि उसके चरित्र पर कोई और दाग लगे। और उसकी वजह से अभिनव के जीवन में कोई बाधा आए।

मगर ईश्वरी अभिनव की भावनाओं को समझ सकती थी। तब ईश्वरी ने अभिनव से दूर जाने का फ़ैसला लिया। पर अभिनव का मन ये फ़ैसला स्विकार नहीं कर पाया। और आंखिरकार अभिनव ने ईश्वरी के सामने शादी की इच्छा प्रगट की, जिसे ईश्वरी ने मुस्कुराकर स्वीकार कर लिया।

कुछ वर्षों बाद, ईश्वरी अपने पति अभिनव के साथ मिलकर एक आश्रय स्थापित करती है, अकेली और दुखी लड़कियों

की मदद करने के लिए। वह उन लड़कियों को सहारा देती है जो समाज द्वारा त्याग दी जाती हैं और उन्हें जीवन खुशी से व्यतीत करने का दूसरा मौका देती है।

• रुद्र - एक क्रांतिकारी की प्रेम कहानी •

परतंत्र भारत के अदम्य साहस से भरे इतिहास के पन्नो में छिपी गुमनाम प्रेम की ऐसी दास्तान, जो एक वीर क्रांतिकारी को जुनून से प्रेम तक ले गई।

सन् सोलह सो सत्तासी

सन् १६८७ - मुंबई,

समुद्र तट पर बसा एक ऐसा सुंदर नगर जो कभी मछुआरों, किसानों और व्यापारियों के लिए स्वर्ग हुआ करता था। मगर अब गुलामी की बेड़ियां यहां भी अपना प्रभाव डालने लगी थी। एक तरफ़ अंग्रेजों के जुल्म बढ़ते जा रहे थे, तो दूसरी तरफ़ आज़ाद हिंदुस्तान का सपना हर हिंदुस्तानी की आंखों में सुनहरी धूप सा खिलने लगा था।

मगर गुलामी की घुटन भरी हवाओं के बावजूद लोग अपनी खुशियों को ढूंढते हुए एक आम जिंदगी जीने का प्रयास कर रहे थे। और उन्हीं में से एक थी रेनूका, जिसे सब प्यार से रेनू बुलाते थे।

बि. तळेकर

अठारह वर्षीय रेनू साधारण दिनों की तरह उस शाम भी अपने दादा (बड़ा भाई) केशव के साथ बाज़ार घूमने निकली थी। हंसते-मुस्कुराते, बातें करते हुए खरीददारी करने।

रेनू की अपने दादा यानी बड़े भाई केशव से काफ़ी बनती थी। उसके आई-बाबा से भी ज़्यादा अगर कोई रेनू को समझता, उसका साथ देता तो वो उसका दादा केशव था।

केशव एक खुले विचारों वाला समझदार व्यक्ति था। वो ज्यादातर सामाजिक कुरीतियों से ऊपर उठने में तथा लड़कियों को भी आत्मनिर्भर और सशक्त बनाने में विश्वास रखता था। इसी कारण रेनू उसके दादा से काफ़ी प्रभावित थी। और उससे काफ़ी स्नेह रखती थी।

रेनू और केशव हमेशा की तरह अपनी खरीददारी और बातचीत में व्यस्त थे। मगर रेनू ये नहीं जानती थी कि उसकी दुनियां कुछ ही मिनिटों में बदलने वाली थी।

रेनू और केशव घर वापस लौट ही रहे थे कि तभी अचानक बाज़ार में भगदड़ मच जाती है। बाज़ार में एकाएक अंग्रेज सिपाहियों और क्रांतिकारियों के बीच मुठभेड़ शुरू हो जाती है। और लोगों में डर कौंध जाता है।

अंग्रेज अफ़सर और सिपाहियों की एक बड़ी हथियारबंद टोली वहां आते ही लोगों की दुकानें और थैले जबरन बंद करवाने लगते हैं। डर के मारे चारों तरफ़ लोगों में अफरातफरी मच जाती है। क्रान्तिकारियों की मंडली अंग्रेजों का विरोध कर रही है। वही अंग्रेजों के जल्लाद सिपाही उनके घमंडी अफ़सर के हुक्म पर देश भक्त क्रांतिकारियो की बुलंद आवाज को दबाने के लिए उन पर लाठियां बरसाने लगते हैं और फ़िर गोलाबारी शुरु कर देते हैं। इस तरह देखते ही देखते दंगा भड़क उठाता है।

इस जानलेवा दंगे में मासूम प्रजा भी अंग्रेजों के जुल्मों का शिकार बन जाती है। लोगों की चीख-पुकार के बीच एक लंबे समय तक लगातार बंदूके और लाठिया चलती रहती है। इस दंगे में कई लोग गंभीर रूप से घायल होते हैं और कई अपनी जान गवां बैठते हैं। ऐसे में रेनू और केशव भी अपनी जान बचने का प्रयास कर रहे थे।

पर तभी इस भगदड़ में केशव को गोली लग जाती है। अंग्रेज़ी बंदूक से निकली गोली सीधे केशव के पीठे से होकर उसके सीने को भेद देती है। और वो वहीं तड़पते हुए दम तोड़ देता है। अपने दादा केशव की निर्मम हत्या अपनी आंखों के सामने देखकर रेनू को गहरा सदमा पहुंचता है।

अपने दादा को खून से लथपथ देख बीच-बाज़ार आतंकी माहौल के बावजूद रेनू रास्ते पर बुत बने अपने दादा केशव

के बेजान शरीर के पास बैठ जाती है। रेनू का मन डर और खौफ के मारे कांप उठता है। उसकी आंखों से लगातार अश्रु धारा बहती है। उसी पल एक तेज़ तर्रार गोली सीधे रेनू की कनपट्टी की ओर बढ़ती है। मगर रेनू को अपनी तरफ़ बढ़ती हुई मौत तक नज़र नहीं आती।

तभी अचानक दो मज़बूत बाजू रेनू को पिछे अपनी तरफ़ खींच लेते हैं और उसे अपने आगोश में छुपा लेते हैं।

जब रेनू परिस्थिति समझने के काबिल बनती है तब वो देखती है कि, 'वो दीवार के पीछे छिपे हुए हैं। और उसके सामने सफ़ेद धोती-कुर्ता पहने कटिली मांसपेशियों वाला एक शानदार युवा खड़ा है।' उस युवा ने अपना चेहरा कंबल के पीछे ढांक रखा है। मगर उसकी दृढ़ संकल्प से भरी गहरी आंखें रेनू को एक टक देख रही होती है।

जब उस नौजवान युवा ने देखा कि अंग्रेज सिपाही उनकी तरफ़ बढ़ रहे हैं तो वो रेनू को साथ लिए वहां से भाग निकलता है। मगर अंग्रेज़ सिपाही उनका पीछा करते हैं।

तब उन सिपाहियों को चकमा देकर वो युवा रेनू को एक सुरक्षित जगह ले जाता है।

रेनू को वहां छोड़ते ही, "ध्यान से सुनो। अब रास्ते में कहीं मत रुकना। सीधे अपने घर जाजो। कऴल?" वो युवा गंभीरता से कहता है और हवा की तरह वहां से भाग निकलता है।

अंग्रेज़ सिपाही उस युवा की तलाश में उसका पीछा करते हुए दूसरे रास्ते चले जाते हैं। वहीं रेनू अपनी जान बचाकर जैसे-तैसे घर पहुंचती है।

उसके बाद भारत के कई गांव और नगरों में एक बार फिर दंगे-फसाद भड़क उठते है। इस दौरान कुछ शैतान गांव की मासूम बहु-बेटियों तक को उठा ले जाते हैं।

हालात इतने बत्तर हो जाते है कि सड़कों पर किसी भी समय गोलीबारी शुरू हो जाती और हड़कंप मच जाता। इस वजह से लोग घर से बाहर निकलने तक को डरते।

अंग्रेज़ अधिकारियों का भारत की आम जनता पर अत्याचार इतना बढ़ गया था कि अंग्रेज़ कभी भी उन पर हमला कर देते। इस करण लोगों के दिलों में दहशत फैल जाती है।

इस बिच एक रात लोग अपने-अपने घरों में दुबक कर बैठे थे, जब गहरे सन्नाटे में गोलीबारी की आवाज़ गरजने लगती है। और बारूद के घने धुवे में एक काला साया लड़खड़ाता

हुआ रेनू के घर के सामने, सड़क के किनारे आकर बेहोश होकर गिर पड़ता है।

रेनू डरी हुई सी अपने कमरे की खिड़की से छुपकर ये नज़ारा देखती है। जब उसने देखा कि अंग्रेज़ सिपाही उसके पिछे पड़े हैं तो वो समझ जाती है कि वो आदमी ज़रूर कोई क्रांतिकारी है। तब उसने तुरंत जाकर अपने आई-बाबा को ये बात बताई। और वो उन्हें उस आदमी को बचाने का अनुरोध करती है।

मगर बाकी लोगों की तरह रेनू के आई-बाबा भी डरे हुए थे। उन्होंने अभी अपना बेटा खोया था। और अब वो कोई भी मुसीबत मोल लेकर अपनी इकलौती बेटी को खोना नहीं चाहते थे। वहीं दूसरी तरफ़ रेनू भी अपने आई-बाबा को किसी मुसीबत में डालना नहीं चाहती थी।

लेकिन रेनू का दृढ़ संकल्प देखकर उसके आई-बाबा उसका अनुरोध स्वीकार कर लेते हैं। फ़िर रेनू के बाबा और रेनू उस घायल पड़े आदमी को सावधानी से अपने घर ले आते हैं।

वो आदमी एक नौजवान था, जो देश की आज़ादी का एक ख़ास सिपाही था। वो नौजवान क्रांतिकारी एक मुहिम में

देश की आज़ादी के लिए लड़ते हुए अंग्रेजों के हाथों घायल हो गया था।

रेनू और उसके आई-बाबा उस अंजान और घायल क्रांतिकारी का इलाज करते हैं। और अगली सुबह जब उसे होश आता है तो वो खुदको किसी अंजान जगह अकेला पाता है। वो देखता है कि किसी ने उसके घाव की मरहम-पट्टी भी की है। तभी वो युवा बिस्तर से उठाकर खिड़की से बाहर झांकता है।

तब उस युवा को यूं खिड़की से झांकते हुए देखकर रेनू परेशान हो जाती है और तेज़ी आकर उसे एक तरफ़ दीवार की ओट में खींच लेती है। उसी पल वो दोनों इतने क़रीब आ जाते है कि उस युवा की तेज़ हैरान नज़रे सीधे रेनू की आंखों में उतर जाती है।

रेनू की इस अचानक की गई हरकत से वो नौजवान युवा चौंक जाता है और उसकी धड़कने तेज़ हो जाती है। वहीं रेनू भी उस युवा को देखकर दंग रह जाती है। जैसे ही रेनू की गभराई नज़रे उस नौजवान की आंखों में झांकती है वैसे ही वो तुंरत उसे पहचान लेती है।

आंखे जिनमें जुनून और देश प्रेम दोनों एक साथ झलक रहे थे। वही दृढ़ संकल्प से भरी गहरी आंखें, जो उस दिन रेनू को देख रही थी।

"आप... आप तो वही हैं जिसने मेरी जान बचाई थी... हो नं?" रेनू की चंचल नज़रे आतुरता से उस युवा की आंखों में जैसे कुछ खोज रही थी।

"हो। माझ नाव रुद्र आहे। रुद्र नारायण फणसे। अंग्रेजों से भागा हुआ -- एक अपराधी। कुछ दिनों पहले अंग्रेजों की छावनी में जो विस्फोट हुआ था वो मैंने किया था।" वो युवा क्रांतिकारी यानी रुद्र रेनू को अपनी सारी हकीक़त बता देता है।

रुद्र बताता है कि, उसने और उसके क्रांतिकारी भाइयों ने ही वो विस्फोट किया था। ताकि वो अंग्रेजों की छावनी में रखे गए विदेशी हथियारों को चुरा पाए। और आज़ादी की जंग में नई जान फूंक सके।

सच जानने के बाद रेनू रुद्र के प्रति समानुभूति अनुभव करने लगती है। और फ़िर वो रुद्र के प्रति पेहले से अधिक समर्पित हो जाती है।

रुद्र दो दिनों तक वहीं छुपा रहता है। मगर रुद्र का घाव काफ़ी गहरा होने के कारण उसे ठीक होने में समय लगता है। तभी अंग्रेजों द्वारा रुद्र को पकड़ने के लिए पूरे नगर में जांच-पड़ताल और नाकाबंदी किए जाने की घोषणा कर दी जाती है।

इस घोषणा के बारे में ख़बर मिलते ही रेनू और उसके आई-बाबा चिंतित हो जाते हैं। तो वहीं रुद्र उनकी सुरक्षा के खातिर अपने नाजुक हालत में भी वहां से जाने के लिए तैयार हो जाता है। मगर रेनू का मन रुद्र को इस हालत में अकेले छोड़ने से इंकार कर देता है। और रेनू भी रुद्र के साथ जाने का निर्णय लेती है।

उसी देर रात, रेनू के बाबा गुप्त रूप से एक बैलगाड़ी की व्यवस्था करते हैं। वो उनकी सुखद यात्रा की सभी व्यवस्था कर देते हैं। और उन दोनों को रातों-रात वहां से रवाना कर देते हैं, इस प्रार्थना के साथ कि उनकी बेटी सुरक्षित रहे और जल्दी घर वापस लौट आए।

रेनू और रुद्र सतारा; क्रांतिकारियों के गुप्त ठिकाने पर जाने के लिए निकल पड़ते हैं, जो नगर से लगभग २८० किमी की लंबी दूरी पर है।

रुद्र और रेनू को घर से चले पूरा एक दिन बीत गया था। मगर अब लगातार बरसती तेज़ बारिश ने उनकी कठिनाई बढ़ा दी थी। साथ ही उन्हें पता चलता है कि अंग्रेजों ने अपना सुरक्षा पहरा भी कड़ा कर दिया है।

इन कठिन हालात में रेनू को एक उम्मीद की किरन नज़र आती है, जब रेनू की नज़र गांव के दूर-दराज इलाके में बने एक आलीशान वाडे (घर) पर पड़ती है। और वो मदद मांगने वहां पहुंच जाते हैं।

रेनू रुद्र को चलने में सहायता करती है। और वो दोनों उस वाडे तक पहुंच जाते हैं। दरवाज़े पर दस्तक देते ही खाकी सफ़ारी सूट पहने, बड़ी मूंछों वाला एक काफ़ी वयस्क आदमी दरवाज़ा खोलता है।

उनके सामने खड़ा ये वयस्क आदमी और कोई नहीं बल्कि निवृत अंग्रेज़ अफ़सर तांबे पाटिल निकलता है।

तांबे पाटिल इस तरह के ख़राब मौसम में एक युवा लड़की और लड़के को साथ देखकर शक करने लगता है। और उनके बारे में पूछताछ करने लगता है।

"नमस्कार काका! मी रश्मि प्रभा. और ये मेरे पति हैं।" रेनू के होठों से अपने लिए 'पति' शब्द सुनकर रुद्र की आश्चर्य से भरी नज़रे उस पर ठहर जाती है।

वहीं रुद्र की नज़रे खुद पर महसूस कर रेनू की धड़कने बोझिल सी हो जाती है। उसने भी रुद्र की ओर गभराई आंखों से देखा पर तुरंत चेहरा सामने मोड़ दिया।

"दरअसल कई महीनों से इनकी तबियत ठीक नहीं थी, इसलिए हम नगर में वैद जी से मिलने गए थे। और गांव लौटते समय ख़राब वातावरण के कारण उनकी तबियत फ़िर बिगड़ने लगी। क्या आप बस एक रात के लिए हमें सर छुपाने की जगह देंगे? आपका बहोत उपकार होगा।" रेनू अपनी विनम्रता और समझदारी से मामला संभालते हुए तांबे पाटिल की जिज्ञासा शांत कर देती है।

उसके बाद तांबे पाटिल उन दोनों को गौर से एक नज़र देखता है और वाडे के भीतर आने की अनुमति दे देता है।

रेनू और रुद्र को सर छुपाने की जगह तो मिल जाती है। मगर वाडे के अंदर की व्यवस्था देखते ही रुद्र तांबे पाटिल की असलियत पहचान लेता है। और इस तरह पति-पत्नि का दिखावा करते हुए उन्हें मजबूरन एक ही कमरे में रहना पड़ता है।

एक तरफ़ तेज़ बारिश और ऊपर से रुद्र का घाव गहरा होने के कारण उसकी तबियत बिगड़ने लगती है। उसे तेज़ ठंड लगने लगती है। उसके पुरे बदन में कंपकपी दौड़ने लगती है। और तेज़ बुखार से रुद्र का शरीर भट्टी की तरह तपने लगता है।

रुद्र को अपने सामने तड़पता देख रेनू चुप नहीं बैठ पाती। रुद्र के घाव की हालत काफ़ी गंभीर हो जाती है। रुद्र दर्द से निकली अपनी चीख को तो हलक में रोके रखता है। मगर फ़िर भी उसके मूंह से दर्दभरी कराहट निकल ही जाती है।

रुद्र को संभालते हुए रेनू सावधानी से उसके घाव की नई पट्टी करती है। उसके सर पर ठंडे पानी के कपड़े रखती है। और उसके पैरों के तले को रगड़ कर कंबल ओढ़ा देती है। आखिरकार रेनू के अथक प्रयास से रुद्र को थोड़ा आराम मिलता है और उसे नींद आ जाती है। मगर रेनू ख़ुद रुद्र की देखभाल करते हुए पूरी रात उसके बिस्तर के पास बैठी रहती है।

अगली सुबह तक रुद्र की तबियत में काफ़ी सुधार आता है। सुबह की किरन जब रुद्र के चेहरे पर चमकती है तब वो अपनी आंखें खोलकर आसपास नज़र घूमता है। उसी समय रुद्र की नज़रे रेनू के थके हुए, चिंतित मगर सुंदर से मासूम चेहरे पर आकर रुकती है। रेनू को यूं देखते ही

पिछली रात रेनू ने उसके लिए जो कुछ भी किया वो सभी दृश्य रुद्र के मन में तैर जाते हैं और रुद्र के चेहरे पर एक हल्की सी मुस्कान खिल उठती है। जो उसे अधिक आकर्षक बनाती है।

कई वर्षों बाद आज पहली बार रुद्र के चेहरे पर इतनी सुकून भरी मुस्कान खिली थी। जो रक्तपात और जुल्म उसने अपने बचपन में देखें थे उन भयनक मंजर ने रुद्र के रातों की नींद छीन ली थी। उसके ज़िंदगी से खुशी और मुस्कान की वजह को ख़त्म कर दिया था।

मगर आज रेनू के समर्पण, त्याग और साथ ने रुद्र को मुस्कुराने की नई वजह दी थी। रेनू एक भोलीभाली और साहसी लड़की थी। और उसके इसी भोलेपन, साहस और निष्ठा ने रुद्र के हृदय में कई वर्षों से जलती आग को शीतलता प्रदान की थी।

रेनू को यूं थकान से बेहाल अपने पैरों के पास बैठकर सोते देख रुद्र आहिस्ता से अपना हाथ उसकी तरफ़ बढ़ाता है। मगर रेनू की नींद ना टूट जाए ये सोचकर रुद्र अपना हाथ वापस पीछे खींच लेता है। तभी सहसा रुद्र को वाडे के इर्दगिर्द अजीब सी हलचल का अंदेशा होता है।

रुद्र उस संदिग्ध आवाज़ को अधिक गौर से सुनने का प्रयास करता है। रुद्र अब स्पष्ट रूप से जान जाता है कि ये आहट कई लोग के दबे पांव वहां आने की है। और ये चिंताजनक है।

कमरे के बाहर आसपास चल रही सरपट शांत गतिविधियां और अजीब सा सन्नाटा पाकर रुद्र अपने ऊपर मंडराती मुसीबत को भांप लेता है।

वाडे के मालिक; निवृत अंग्रेज़ अफ़सर तांबे पाटिल अंजाने में रुद्र और रेनू के लिए बहोत बड़ी मुसीबत को न्यौता दे चुके थे। घर के बाहर अंग्रेज सिपाहियों का एक बड़ा दस्ता रुद्र को पकड़ने तैयार खड़ा था, जो अब किसी भी समय अंदर घुस सकता था।

तभी रेनू की आंखें खुल जाती है। वहीं खतरा भांपते ही रुद्र उठखड़ा होता है।

"तांबे काका होंगे।" चहलपहल सुनकर रेनू खुदको व्यवस्थित कर तेज़ी से उठकर दरवाज़े की तरफ़ दौड़ती है।

"नाही. दार उघडुस नको." रुद्र रेनू की तरफ़ गंभीरता से देखता है। "ये वो नहीं है जो तुम समझ रही हो।"

रेनू अब थोड़ा परेशान हो जाती है।

"तो फिर कौन हो सकता है!?"

"वही भेड़िए।" रुद्र की गंभीर और जुनून से भरी नज़रे दरवाज़े पर अटकी थी।

"एकदा मला बरं होवू दे. मंग दाखवतो ह्या नराधमांना ह्या रुद्रच्या तांडव." रुद्र लड़ाई के लिए अपने शरीर को कसकर तैयार हो जाता है।

रेनू रुद्र की बातों से समझ जाती है कि अवश्य कोई गंभीर मामला है। बाहर अवश्य ही अंग्रेज़ सिपाही हैं। और वो रुद्र को पकड़ना चाहते हैं।

रुद्र इस हालात में भी तुरंत अपनी लाठी उठा लेता है और दरवाज़े की तरफ़ चल पड़ता है।

"तुम खिड़की से भाग जाओ। मैं इन्हें यहीं रोकता हूं।" रुद्र एक तरफ़ मुड़कर अपने पीछे खड़ी रेनू से कहता है।

मगर रेनू तेज़ी से रुद्र के पीछे दौड़कर उसके कंधे पर हाथ रख देती है और उसे आगे बढ़ने से रोक लेती है।

"नाही। आप अभी पुरी तरह स्वस्थ नहीं हुए। मैं आपको ऐसी स्थिति में छोड़कर नहीं जाऊंगी।" रेनू रुद्र को छोड़कर जाने से मना कर देती है।

रेनू रुद्र से कहती है कि अंग्रेज़ उसे पकड़ने आए हैं। वो रेनू को कुछ नहीं करेंगे। इसलिए रेनू उन्हें यहां रोक सकती है। इस दौरान रुद्र को वहां से निकलने का समय मिल जायेगा। मगर रुद्र रेनू को ऐसा करने से मना कर देता है।

"तुम उन्हें कैसे रोकोगी? मेरा साथ देने के अपराध में वो तुम्हें भी नहीं बख्शेंगे। वो तुम पर भी अत्याचार करेगें। तुम्हें मार देंगे या फ़िर अपने पास रखा ज़हर खाकर तुम खुद आत्महत्या कर लोगी..." रुद्र रेनू के भयानक परिणाम को सोचकर गहरे दुख का अनुभव करता है।

रेनू के परिणाम को सोचकर रुद्र का मन भारी हो जाता है। अधिक तनाव से रुद्र की आंखें हल्की लाल पड़ जाती है। आंखों की नमी उसके अंदर चल रहे संघर्ष को साफ़ उजागर कर रही थी। मगर रुद्र अभी भी अपने आंसू को बहने से रोके रखता है।

"आप कैसे जानते हैं कि मेरे पास ज़हर की शीशी है?!" रेनू रुद्र की बातों से चौंक जाती है। उसके चेहरे पर परेशानी और डर के भाव उभार आते हैं।

"मला माहीत आहे. इस विषाक्त वातावरण में हमारे देश की औरतें किस तरह घुट-घुट कर जी रही हैं। और ये मैं तुम्हारे साथ नहीं होने दूंगा।" रुद्र के मन में जैसे जंग छिड़ गई थी।

रुद्र की बातें सुनकर रेनू की आंखें भी भर आती है। रेनू रुद्र की वेदना महसूस करने लगती है।

रुद्र ये अच्छी तरह जानता था कि अगर आज वो रेनू को छोड़कर चला गया तो अंग्रेज़ सरकार के सिपाही उसे अवश्य पकड़ लेंगे। और रुद्र का साथ देने के अपराध में उस पर कार्रवाई करेंगे। रुद्र की जान बचाने के अपराध में उस मासूम लड़की की ज़िंदगी दुःख, वेदना और पीड़ा से भर जाएगी। वो तबाह हो जाएगी। उसकी स्थिति इतनी दैनीय हो जायेगी कि अंत में वो अपनी ज़िंदगी ख़त्म कर देगी।

"मैं पेहले ही बहोत अपनो को मरते देख चुका हूं। माझ्या भावू. अक्का. मेरे आई-बाबा... सब। सब मुझे छोड़कर चले गए। पण आता मी तुला मरताना पाहू शकत नाही."

रुद्र का मन अपने अतित में घटी सभी दुखद घटनाओं से आज भी कांप उठता है। और वो ये हरगिज़ नहीं चाहता कि रेनू का परिमाण भी वैसा ही भयानक हो।

बिना किसी पहचान और रिश्ते के रेनू ने रुद्र का जितना साथ था। रेनू ने उसके लिए कितने जोखम उठाए थे। कितने बलिदान दिए। उन्होंने साथ मिलकर कितनी मुसीबतों का सामना किया था।

उस दिन से रुद्र का मन भी रेनू से एक गहरा लगाव महसूस करने लगा था। जब उसने पहली बार रेनू की जान बचाई थी। जब उसने रेनू को अपने दादा के लिए रोते देखा था। रुद्र ने अब तक अपने मन को रोके रखा था। लेकिन रेनू को खतरे में पाकर वो तड़प उठा था।

वहीं दूसरी तरफ़ रुद्र ने भी रेनू की जान बचाई थी। हर कमज़ोर समय में उसका साहस बढ़ाया था। उसका साथ दिया था। तभी से रेनू का मन भी रुद्र के प्रति समर्पित हो गया था।

रुद्र के लिए रेनू के मन में कई भावनाएं जन्म ले चुकी थी। उन दोनों के बिच एक अटूट नाता था। जो समय के साथ अधिक मज़बूत हो जाता है।

"जर का मी इथून जाणारा तर तुला सोबत घेवून." रुद्र अपने कदम रेनू की तरफ़ बढ़ाता है।

"क्या तुम मेरे साथ चलोगी? मैं तुम्हें हमेशा के लिए अपने साथ ले जाना चाहता हूं।"

रुद्र रेनू के सामने बस एक कदम की दूरी पर आकर खड़ा हो जाता है। रुद्र की नज़रे अब सीधे रेनू की आंखों में देखती है। जैसे वो अपने प्रश्न का उत्तर ख़ोज रहा हो। और फ़िर पुरे आत्मविश्वास के साथ रुद्र अपना हाथ रेनू की ओर बढ़ाता है।

रुद्र को अपने नज़दीक पाकर रेनू के दिल की धड़कने तेज़ हो जाती है। रेनू की कई सारी भावनाओं से भरी नम आंखें रुद्र को आतुरता से देखती है।

रेनू के लिए ये उसके जीवन का सबसे बड़ा और बहोत ही महत्वपूर्ण निर्णय था। रेनू रुद्र से बस कुछ ही दिनों पहले मिली थी। वो उसके बारे में ज़्यादा नहीं जानती थी। मगर रेनू इस बात को स्वीकार कर चुकी थी कि उन दोनों के बिच कोई अनोखा नाता अवश्य था। नाता एक अटूट विश्वास का। समर्पण और सम्मान का।

रेनू के मन में रुद्र के प्रति बहोत आदर-सम्मान था। जब से वो उसे मिली थी तब से वो रुद्र के प्रति समर्पण की भावना को मेहसूस कर रही थी। उसने रुद्र के लिए जो भी किया था वो संपूर्ण निष्ठा और प्रेम से किया था।

मगर रुद्र को यूं अचानक ऐसे नाजुक हालात में अपने सामने देखकर रेनू दंग रह जाती है। मगर फ़िर वो आहिस्ता से अपना हाथ रुद्र के हाथ में दे देती है।

रुद्र रेनू का हाथ कसकर थाम लेता है और उसके होठों पर हल्की मुस्कान उभर आती है। रुद्र को देखकर रेनू की आंखों में आंसू के साथ शर्म की लाली उतार आती है। और

उसका हल्का मुस्कुराता चेहरा गुलाबी हो जाता है। जो इस क्षण को अधिक आकर्षक बना देता है।

तब फ़िर वैसी ही संदिग्ध आहट सुनाई देती है। उसके बाद तो रेनू और रुद्र तुरंत वहां से निकलने का निर्णय कर लेते हैं। रेनू बिना किसी एतराज़ और रोकटोक के रुद्र का हाथ थामे उसके पीछे चल पड़ती है।

अगले ही पल रेनू कमरे की खिड़की से चादरों की छड़ी लगाकर नीचे उतर जाती है। उसके तुरंत बाद रुद्र भी चादरों की मदद से नीचे उतरने का प्रयास करता है। मगर रुद्र के शरीर पर लगे घाव उसके लिए अड़चन पैदा कर उसकी गति मंद कर देते है।

दूसरी तरफ़ कुछ अंग्रेज सिपाही अब सीधे कमरे का दरवाज़ा तोड़ने में लग जाते हैं। कुछ क्षणों बाद बाहर खड़े सिपाहियों को उनके भागने की भनक लग जाती है और वो उस तरफ़ बढ़ने लगते हैं।

मगर रेनू रुद्र को बचाने और अंग्रेज सिपाहियों का ध्यान भटकाने का उपाय ढूंढने लगती है। तभी वो तबेले में बंधी गायों को छोड़ देती है। वो मुर्गियों का और दूसरे मवेशियों का बाड़ा भी खोल देती है। जिससे तांबे पाटिल और अंग्रेज़

सिपाहियों का ध्यान भटक जाता है। इस दौरान रुद्र सुरक्षित नीचे उतर आता है और वो दोनों वहां से भाग निकलते हैं।

रुद्र और रेनू दोनों एकदूसरे को बचाते हुए। एकदूसरे का खयाल रखते हुए आंखीरकार सतारा पहुंचते हैं। मगर अंग्रेज़ सतारा की सीमा तक रुद्र और रेनू को पकड़ने का अथक प्रयास करते हैं। तभी रुद्र के क्रान्तिकारी भाइयों की टोली उन्हें बचाने आ पहुंचती है। और अंग्रेज़ो को पराजित कर देती है।

इसके बाद रेनू और रुद्र एक साथ नया जीवन शुरू करते हैं। महज़ एक झूठ से शुरु हुआ पति-पत्नी का ये नाता रेनू और रुद्र के जीवन का सबसे पवित्र और सुंदर सत्य बन जाता है। रुद्र से विवाह करने के बाद रेनू उसके क्रान्तिकारी मुहिम और आंदोलन से जुड़कर उसे एक नया रूप देती है, विद्या दान का।

रुद्र और रेनू विद्या दान को अपने जीवन का मुख्य उद्देश्य बना लेते हैं। और 'विद्या हर जाति, समाज, धर्म और हर इंसान का अधिकार है।' इस विचार को अपना मूल मंत्र बनाकर आगे बढ़ते हैं।

अब रेनू और रुद्र अपने अनुभव, क्रांतिकारी विचार और ज्ञान से देश की नई पेढ़ी में आज़ादी का जस्बा फूंकते है।

और इस तरह देश को आज़ाद देखने का उनका जस्बा एक से हजारों और हजारों से लाखों हिंदुस्तानियों में क्रांति की मशाल बनकर हमेशा धधकता रहता है।

• बद्रीनाथ - एक कहानी समय से परे •

विजयद्वीप साम्राज्य के मध्य में स्थित आलीशान महल के कक्ष में एक योद्धा परेशान बैठा था।

कक्ष में अग्नि स्तंभों में जलती आग और आकाश से ओझल होते सूर्य देवता वातावर्ण में छाई उदासीनता को प्रगट कर रहे थे।

"क्या हुआ, बद्री? वो कौनसी बात है जो तुम्हें इतना व्याकुल कर रही है?" वज्रसेन ने कक्ष में प्रवेश लेते ही भारी आवाज़ में प्रश्न किया। जो विजयद्वीप साम्राज्य के श्रेष्ठतम सेनापति थे।

"मामा... तुम तो... जानते ही हो कि विजयद्वीप के एक हिस्से में घातक रोग फैला है। धीरे-धीरे लोग तड़प-तड़पकर मर रहे हैं। और पीछले सात दिनों में हम कुछ नहीं कर पाए हैं।" बद्रीनाथ अपने राज्य में अचानक फैले अंजान रोग को लेकर गहरी चिंता में डूबा था।

"मैं तुम्हारी चिंता का कारण जानता हूं, बद्री। किंतु तुम चिंता मत करो। हमारे राजवैद्य इसका उपचार अवश्य खोज निकालेंगे।" वज्रसेन ने बद्री के कंधे पर हाथ रखते ही कहा।

"ठीक कहा, मामा। परंतु हमारे राजवैद्य के अनुसार, ये असामान्य रोग प्राकृतिक नहीं है। ये जानलेवा रोग किसी कारणवश उत्पन्न हुआ है। और मां ने इस मसले की ज़िम्मेदारी मुझे सौंपी है। अब हमें ही इस मसले की छानबीन करनी होगी। हमें कल सुबह निकलना होगा।" बद्री ने अपनी चिंता से जुड़ी पुरी बात बताई।

अगली सुबह सूर्योदय से पहले ही बद्री और सेनापति वज्रसेन महल से निकल पड़े। अपनी यात्रा के दौरान कई गांवों से गुज़रते समय उन दोनों ने बहुत सारे लोगों को उस अनभिज्ञ रोग से तड़पते देखा। अपनी आंखों के सामने उन्हें तड़प-तड़पकर मरते हुए देखा। किंतु इसके पश्चात भी अपना दिल मज़बूत करते हुए वो दोनों विज्ञान शाला की ओर बढ़ गए।

उनकी यात्रा काफ़ी कठिन और लंबी थी। किंतु सभी मुश्किलों को मात देकर अंततः वो दोनों अपनी मंज़िल तक जा पहुंचे। रात-दिन बीना रुके, बीना सोए लगातार आगे बढ़ते हुए राजकुमार बद्रीनाथ और सेनापति वज्रसेन विज्ञान शाला तक पहुंच गए, जहां कई राजवैद्य

और राजवैज्ञानिक एक साथ मिलकर इस असाधारण रोग का कारण पता करने के कार्य में जुटे थे।

इतनी लंबी और थकान भरी यात्रा के पश्चात भी उन दोनों ने एक क्षण भी विश्राम नहीं किया। तथा विज्ञान शाला पहुंचते ही बद्री और वज्रसेन अपनी चर्चा में व्यस्त हो गए। वो सीघ्र अति सीघ्र इस समस्या का समाधान चाहते थे।

सभी राजवैद्य और राजवैज्ञानिको से इस विषय पर मंत्रणा कर बद्री और वज्रसेन ने पता लगाया कि, 'गांव में फैले इस अज्ञात रोग का कारण विजयद्वीप के जंगल में गुप्त रूप से बना ख़तरनाक रासायनिक पदार्थों का कारखाना है। जहां कई ख़तरनाक रसायनों पर परीक्षण कर विध्वंसकारी हथियार बनाए जाते हैं।'

जब बद्रीनाथ को इस रोग के कारण का पता चला तो ये जानकर अति क्रोधित हो गया और तुंरत वहां से निकल पड़ा। लेकिन राजवैज्ञानिक ने बद्री को जाने से रोका और पहले इस अप्राकृतिक रोग से ग्रस्त लोगों के उपचार हेतु समझाया।

"मामा, शीघ्र गुप्तचर भेजकर कारखाने का पता करवाए।" वज्रसेन से कहते ही, "हां, राजवैज्ञानिक जी, अब बताईए।" बद्री राजवैज्ञानिक की ओर मुड़ा।

"ये एक अति गंभीर रोग है, राजकुमार -- जो हवा और पानी में घुले रसायन के कारण हुआ है। और अब ये रोग एक इंसान से दूसरे इंसान में फैल रहा है। हमारा अनुमान है कि इसका उपचार केवल समुद्र में पनपने वाले एक खास शैवाल से ही संभव है।" राजवैज्ञानिक ने कहा।

"ठीक है, वैज्ञानिक जी। आप जो सही समझे कीजिए। और धन की चिंता ना करे। विजयद्वीप की प्रजा के लिए मैं अपने प्राण भी दे सकता हूं।" बद्री ने दृढ़ता से कहा।

"हम उपचार कर सकते हैं, राजकुमार। किंतु एक समस्या है।" राजवैज्ञानिक की बात सुन बद्री की भौं उठ गई, "हमें उस शैवाल की आवश्यकता विशाल मात्रा में होगी, जो दस-पंद्रह गोताखोर नहीं ला सकते। कारण वो शैवाल केवल समुद्र के अंधकारमय तलहटी में पायी जाती है।" तब बद्री की जिज्ञासा शांत करने हेतु राजवैज्ञानिक ने कहना जारी रखा।

"इसका अर्थ है, समुद्र तल से शैवाल लाने हेतु हमें अन्य कोई उपाय खोजना होगा!" बद्री चिंता में पड़ गया।

"एक उपाय है, प्रभु। किंतु क्षमा करें वो उपकरण अभी तैयार नहीं है।" दूसरे युवा वैज्ञानिक ने मध्यस्त होकर कहा। तथा दोनों वैज्ञानिक बद्री को विज्ञान शाला के गुप्त तहखाने में बने कार्यशाला में ले गए। जहां विजयद्वीप के सबसे बेहतरीन वैज्ञानिको की अब तक की महान खोज अभी आकार ले रही थी।

"ये पनडुब्बी है, राजकुमार। इस उपकरण की सहायता से मनुष्य समुद्र की गहरी तलहटी में जा पाएगा। किंतु दुर्भाग्य से ये अभी पूरी तरह बनी नहीं।" वरिष्ठ राजवैज्ञानिक का मन दुःखी था।

"अद्भुत‼ इसे बनने में कितना समय लगेगा, वरिष्ठ वैज्ञानिक जी?" बद्री आश्चर्य से पनडुब्बी पर हाथ फेर रहा था।

"लगभग दो से तीन महीने लग जाएंगे, प्रभु।" युवा वैज्ञानिक का दिल तंग हो उठा। और उन्होंने तहख़ाने से बाहर सभा कक्ष में प्रवेश किया।

"इसी कारण मैंने कहा था। उस चीज़ का इस्तेमाल करो।" अचानक एक बूढ़ा आदमी बड़बड़ाते हुए वहां आ धमका।

बद्री ने पलटकर उसे देखते ही, "ये कौन हैं, वैज्ञानिक जी?" सवाल किया।

"ये मेरे बाबा हैं, प्रभु। ये हमारे विज्ञान शाला के बहुत कुशल वैज्ञानिक थे। किंतु कुछ महीनों पहले कार्यशाला में घटी दुर्घटना से इनका मानसिक संतुलन बिगड़ गया। तभी से ये कुछ-न-कुछ बड़बड़ाते रहते हैं। कृपया हमें क्षमा करें, प्रभु।" युवा वैज्ञानिक ने अपने पिता की ओर से मांफी मांगी।

"कोई बात नहीं, मित्र। मैं इनसे बात करता हूं।" बद्री ने धीरज से काम लिया।

"आप क्या कहना चाहते हैं, बाबा? मुझे बताए। मैं आपकी इच्छा अवश्य पूरी करूंगा।" बद्री ने बूढ़े बाबा से काफ़ी धैर्य से सवाल किया। किंतु जवाब देने के बजाय बूढ़े बाबा ने अचानक बद्री का हाथ पकड़ लिया।

उसके बाद वह बूढ़े बाबा बद्रीनाथ का हाथ थामकर उसे कार्यशाला से थोड़ी दूर बनी एक ऐसी जगह ले गए, जो आज तक बरसों से गुप्त थी।

कुछ दूरी तक पहुंचते ही उस बूढ़े वैज्ञानिक ने वहां पड़े एक बड़े पत्थर पर तराशी गई आकृति को रहस्यमय ढंग से इधर-उधर खिसकाया। इसी के साथ वो बड़ा पत्थर एक तरफ़ सरक गया, जिससे उस पत्थर के निचे बनी सुरंग खुल गई। और उसी सुरंग के सहारे वो बूढ़े बाबा बद्री को अपनी ज़िंदगी की सबसे बेहतरीन खोज दिखाने ले गए।

पक्षियों की भाती दो लंबे पंखों से सजा धातु वह लकड़ी से बना एक अनोखा वाहन देखकर बद्री दंग रह गया। एक ऐसा वाहन जिसमें ना तो पहिये लगे थे और नाहिं उसे चलाने के लिए किसी पशु को जोड़ा जाना था।

"ये क्या है, बाबा!?" बद्री आश्चर्य से यंत्र के इर्द-गिर्द चक्कर लगाने लगा।

"ये... 'समय यान' है, बेटा। इस यान के सहारे हम एक दिन के लिए किसी भी समय या घड़ी में जा

सकते हैं।" बूढ़े वैज्ञानिक ने गहरी मुस्कान के साथ कहा, जिसे सुनकर बद्रीनाथ दंग रह गया।

राजकुमार बद्री ये देखकर आश्चर्यचकित था कि उसके राज्य के वैज्ञानिक इतने ज़्यादा कुशल वह ज्ञानी है, जिन्होंने इतनी आधुनिक तथा अकल्पनीय खोज को हकीकत का रूप दे दिया है। जिसका वो स्वयं शाक्षी था।

"किंतु प्रभु, अभी इस पर कोई परिक्षण नहीं किया गया। इसमें बहुत खतरा है। और वैसे भी इस मसले में इसका क्या उपयोग।" वरिष्ठ राजवैज्ञानिक और युवा वैज्ञानिक भी उनके पिछे चले आए जो चिंतित थे।

"ये तो मैं भी नहीं समझ पाया, इसके उपयोग से हम क्या कर पाएंगे। किंतु मुझे विश्वास है, ये यान हमारे लिए बहुत सहायक होगा।" बद्री ने सकारात्मकता तथा सूझ-बूझ से काम लेते हुए कहा।

"बद्री?! कारखाने की जानकारी मिल गई है।" उसी वक़्त अचानक वज्रसेन अंदर आया और कारखाने की सारी सच्चाई बताई।

सेनापति वज्रसेन ने बताया कि, जानलेवा रसायन का कारखाना चीन से आए उन लोगों का है, जो कुछ समय पहले राजमाता से आज्ञा प्राप्त करने महल आए थे । किंतु भूमि प्रदूषण वह अन्य विपरीत असर को देखते हुए राजमाता ने इस संधि को अस्वीकार कर दिया था । परंतु महाराज संग्राम देव ने अपनी माता और राज्यादेश के विरुद्ध जाकर उन विदेशियों से पर्दे में रहकर संधि की । जिसके बदले में उन चीनियों ने संग्राम देव को आधुनिक तथा प्राणघातक हथियार देने का प्रस्ताव रखा । जिससे उन हथियारों को पाकर महाराज संग्राम देव एक शक्तिशाली राजा साबित हो सके ।'

सारी बातें सुनकर बद्री समझ गया कि, ये षड़यंत्र उसके चचेरे भाई वह विजयद्वीप साम्राज्य के वर्तमान महाराज, महाराज संग्राम देव का है । किंतु वो अपनी मां जैसी राजमाता तथा महाराज संग्राम देव की माता से इस समस्या की शिकायत नहीं कह सकता । क्योंकि बद्री इस बात से अंभिज्ञ नहीं था कि महाराज संग्राम देव को अपनी माता को छलने में महारथ हासिल थी । वो किसी भी प्रकार अपनी माता को विवश कर ही लेता की इस विषय में वो निर्दोष हैं ।

राजकुमार बद्री इस बात से भली भाती परिचित था कि इस प्रक्रिया में सिवाय समय व्यर्थ होने के और

कुछ हासिल नहीं होगा। परंतु उसके पास अपनी प्रजा को बचाने का अन्य कोई उपाय नहीं था। ना उनके पास औषधि थी और नाहिं औषधि पाने के साधन। साथ ही उन्हें ये भी ज्ञात नहीं था कि उसके राज्य में उस अप्राकृतिक रोग का फैलाव कब वह किन परिस्थितियों में हुआ।

कक्ष में हर कोई बिल्कुल मौन हो गया। हर कोई इस समस्या का समाधान चाहता था। किंतु राजकुमार बदरीनाथ का मस्तिष्क किसी अन्य ही दिशा में दौड़ रहा था।

तब अचानक, "मामा, हथियार।" बद्री जोश से भर गया, "मैं समझ गया कि हमें क्या करना है।" तथा अगले ही क्षण वो वज्रसेन के साथ आगे उस अद्भुत समय यान की ओर बढ़ गया।

उन अद्भुत बूढ़े वैज्ञानिक के महत्वपूर्ण निर्देषों को ध्यानपूर्वक सुनते हुए। बद्री उस अद्भुत समय यान पर सवार हो गया।

"मामा, क्या तुम्हें वो तिथि ज्ञात है, जिस दिन उन विदेशियों ने विजयद्वीप में घुसपैठ की थी?" बद्री ने

वज्रसेन के साथ उस अनोखे यान में अपनी जगह ले ली।

अगले ही क्षण वज्रसेन का जवाब पाते ही बद्रीनाथ ने उस चमत्कारी यान को चलाने वाले नियंत्रणों पर अपने हाथों को तेज़ी से चलाया । तथा देखते-ही-देखते यान कड़ाके की ज़ोरदार ध्वनि के शुरू हो गया। तथा अगले ही क्षण सफेद रोशनी में विलीन हो गया ।

सभी राजवैज्ञानिक राजकुमार बद्री तथा सेनापति के लिए अत्यंत चिंतित थे। सभी इस बात से चिंतित थे कि, एक बूढ़े बाबा के कहने पर राजकुमार एक ऐसे यान में चले गए जिस पर अभी परिक्षण नहीं हुआ। ऐसा कर उन्होंने न केवल अपनी जान को खतरे में डाल दिया है, अपितु उन्होंने अपने राज्य विजयद्वीप को भी दाव पर लगा दिया है।

इस ओर कुछ ही क्षणों बाद जब बद्री और वज्रसेन ने आंखें खोली तो वो दोनों जंगल के बीचों-बीच उसी यान में सवार हवा में झुल रहे थे । जिसे देखकर वो दोनों अचंभित थे ।

किंतु अब उनके पास समय बहुत कम था । इसलिए वो तेज़ी से यान से नीचे उतरे और इससे पहले की

वो विदेशी विजयद्वीप के महल तक पहुंच पाते राजकुमार बद्री और वज्रसेन ने तेज़ी से उन्हें खोज निकाला।

राजकुमार बद्री तथा वज्रसेन ने अपनी कुशल युद्ध नीति तथा रणनीति की सहायता से उन सभी का घने जंगल में पीछा किया और एक एक कर सभी को काफ़ी सफाई से हमेशा के लिए मौन कर दिया। और उनके अन्य सिपाहियों को इसकी भनक तक न लगी।

अपने हथियारों से बद्री तथा वज्रसेन ने उनकी अच्छी तरह खातिरदारी की। जब विदेशियों के काफिले में अन्य साथियों को इस बात की ख़बर मिली कि उनके सिपाही रहस्यमय ढंग से मारे गए तो वो भयभीत हो गए। वो सभी विदेशी भयभीत होकर केवल विजयद्वीप ही नहीं किंतु भारतवर्ष छोड़कर अपने देश लौट गए।

बद्री तथा वज्रसेन यह नज़ारा जंगल में छिपकर देखते रहे।

"जय शिव शंभू! शिव जी का कोटी-कोटी धन्यवाद। अंततः सभी विदेशी हमारा विजयद्वीप छोड़कर जा रहे हैं।" वज्रसेन वृक्ष की आड़ में छुपा था और अपने

सामने का नज़ारा देख उसने शिव जी का धन्यवाद किया।

"किंतु अभी हमें वापस लौटकर यह सुनिश्चित करना है कि क्या हमारा उपाय कारगर रहा?" बद्री पास के वृक्ष से झांक रहा था। और उसने प्रश्नार्थ भरी नजरों से वज्रसेन को देखा।

वो सभी विदेशी अब उनकी धरती से जा चुके थे। किंतु बद्री को अब भी अपनी प्रजा की चिंता लगी थी।

इसी असमंजस के साथ उन सभी विदेशियों के जाने के पश्चात बद्री और वज्रसेन पुनः उस चमत्कारी समय यान में सवार हो गए। तथा बूढ़े बाबा के निर्देशों का पालन करते हुए वह दोनों पुनः अपने समय में कुशल-मंगल वापस लौट आए।

उन्हें पुनः देखते ही राजवैज्ञानिको के प्राण में प्राण आए। तथा वो इस बात से अति प्रसन्न हुए कि बूढ़े बाबा की अप्रत्याशित खोज, उनका यह कमाल का समय यान वास्तव में कार्य कर रहा है। तथा वो यान उनके राजकुमार को कुशल-मंगल वापस ले आया।

किंतु वापस लौटने के पश्चात भी बद्री का मन भारी था। समय यान से उतरते ही वो तेज़ी से दृढ़ कदम भरते हुए विज्ञान शाला से बहार चला गया। तथा अपने घोड़े पर सवार वो तुंरत अपने राज्य के भ्रमण पर निकल गया। उसके पिछे वज्रसेन भी तेज़ी से दौड़ पड़ा।

अंततः राज्य भ्रमण के दौरान अपनी प्रजा को खुशहाल देखकर बद्रीनाथ का मन हल्का हुआ। और उसके चेहरे पर सुकून भरी मुस्कान आ गई। उन्हें पता चला कि उनका उपाय सच में कारगर रहा। उसके राज्य में अब सब कुछ बिल्कुल ठीक हो चुका था। जैसे वहां कोई रोग फ़ैला ही न था।

इसके पश्चात विजयद्वीप की प्रजा ठीक उसी तरह संग्राम देव के असंतुलित राज के पश्चात भी बद्री के नियंत्रण तले शांति से जीवन बिताने लगी।

चाहे आज विजयद्वीप की प्रजा बद्रीनाथ और वज्रसेन के किए उस अविश्वसनीय समय की छलांग के कारनामे से अनभिज्ञ थे। किंतु इसके पश्चात भी बद्रीनाथ ही उनकी नज़र में सही मायनों में उनका महाराज था।

इसी प्रकार आख़िरकार राजकुमार बद्रीनाथ ने अपने साहस, सूझबूझ और शक्ति से पुनः एक बार सिद्ध कर दिया कि असली राजा सिंहासन पर नहीं किंतु अपनी प्रजा के मन पर राज करता है।

- बि. तळेकर

लेखक के बारे में

बि. तळेकर

बिजल तळेकर—या बि. तळेकर के नाम से मशहूर—वो सिर्फ़ एक लेखिका नहीं हैं, बल्कि वो एक ऐसी रचनात्मक ताक़त हैं जो जज़्बे, कहानियों और थोड़ी सी बगावती सोच से चलती है।

लाइलाज बीमारी से जूझना उनके कदम रोक नहीं पाया—बल्कि उनकी कलम को और तेज़ कर गया। 2016 से अब तक उन्होंने तीन शानदार हिंदी उपन्यास स्वप्रकाशित किए हैं, जिनमें The Dark Dekken श्रृंखला और Alamana शामिल हैं—जिनमें रहस्य, रोमांच और भारतीय पौराणिकता की झलक मिलती है।

उनके काम को सराहा भी गया है—20 से अधिक राष्ट्रीय और अंतरराष्ट्रीय पुरस्कारों से नवाज़ा गया है, जिनमें 'Global Author of the Year' और 'Women of Distinction Award' प्रमुख हैं।

लेकिन उनका सफ़र यहीं नहीं रुका। उन्होंने Ocean Drop की शुरुआत की, ताकि नवोदित लेखकों को मंच मिल सके, और Pro Shopper लॉन्च किया, जो छोटे व्यवसायों को दुनिया से जोड़ता है।

अब स्क्रीनराइटिंग की दुनिया में कदम रखते हुए, बि. तळेकर अपने रचनात्मक सफ़र को नए आयाम दे रही हैं। उनकी कहानी सिर्फ प्रेरणादायक नहीं, बल्कि एक ऐसा ट्विस्ट है जो दिल जीत लेता है।

www.ingramcontent.com/pod-product-compliance
Lightning Source LLC
LaVergne TN
LVHW041629070526
838199LV00052B/3285
* 9 7 8 9 3 7 0 0 9 4 9 8 7 *